出走

用旅行找到生命的亮点

黄丽穗

——著

北方联合出版传媒(集团)股份有限公司

万卷出版公司

著作权合同登记号：06-2014年第93号

ⓒ 黄丽穗　　2014

图书在版编目（CIP）数据

出走 / 黄丽穗著. -- 沈阳 : 万卷出版公司，
2014.5（2015.1重印）
ISBN 978-7-5470-2684-7

Ⅰ. ①出…　Ⅱ. ①黄…　Ⅲ. ①游记—作品集—中国—
当代 Ⅳ. ①I267.4

中国版本图书馆CIP数据核字(2014)第089689号

出　走

责任编辑	郝　兰
出 版 者	北方联合出版传媒（集团）股份有限公司
	万卷出版公司
地　　址	沈阳市和平区十一纬路29号　　邮编：110003
联系电话	024-23284090　　010-57454988
经　　销	各地新华书店发行
印　　刷	北京紫瑞利印刷有限公司
版　　次	2014年5月第1版
印　　次	2015年1月第2次印刷
成品尺寸	150mm×210mm
印　　张	14.5
字　　数	150千字
书　　号	978-7-5470-2684-7
定　　价	45.00元

丛书所有文字插图版式之版权归出版者所有　　任何翻印必追究法律责任
常年法律顾问：徐涌　版权专有　侵权必究　举报电话：024-23284090　010-57262357
如有质量问题，请与印务部联系。联系电话：010-57262361

推荐序

这女子"玩"必有方!

终身义工 孙越

她常常与我太太通电话,是关怀也是聊天。

某晚,她又来电,是我接的,我说你等等,我就将话筒交给太太,瞬间,太太又把话筒给了我说,黄丽穗找你!

对方声音极其温柔,并提高了嗓门儿(因我重听,而她声音又太小):"孙大哥,在台北很闷吧?想不想再出去逛逛?从欧洲到耶路撒冷!顺着耶稣的脚踪走。"一听就对她说,好!

她开始像每次出游认真地筹划,我也开始了我的幻想,幻想自己在两千年前的耶路撒冷,幻想我一无所有,又残缺地坐在毕士大池边,竟遇见了耶稣。

想象在欧洲访古,走在 20 世纪 30 年代的街头,与太太及好友喝着咖啡聊天的情景。

我想到我们走在某城市幽暗的街灯下，细雨微风，任其吹湿了头发与衣裳，此时我绝不在意这些，因为这是舞王金·凯利《花都舞影》都无法享受到的街景，虽然我没有唱《Singing in the rain》（《雨中曲》）的本钱，但是我们却有黄丽穗相陪！

在之后的日子中，黄丽穗与旅行社的曹小姐，紧锣密鼓声声催，我也由梦游般的幻想中回到我的现实生活。

一个患有 COPD（慢性阻塞性肺病）的我，心血管安了四根支架的我，一个行路须靠手杖的人，再像从前那样"为所欲为"到处玩，方便吗？那是不可能了！

黄姓女子竟跟我说：安啦！孙大哥，一切有我！我真见识过与她同游，有多快乐。黄丽穗是不爱独乐，爱众乐，看见众乐她更乐的女子！

这次她说：我们随行就有一位医生朋友，跟医生一起玩，你安啦！我会给你预备"轮椅"，推着仍可到处逛，只要带着所有你每天该吃的药，就万事 OK 啦！

记得在过往的二十年里，她带我夫妇与朋友们，去过两次地中海，一次北欧至东欧，更于加拿大乘游轮到阿拉斯加。在这些旅途中，所有我们没想到的，她都给我们大家想到了。过去在游轮上，常见洋人带着行动不便的家人随船、随车地旅游，要我跟着黄丽穗这位女子大将去旅游，我想，完了，这一团人全等于是"陪病号孙越去玩"。唉，我干吗让朋友们跟着我受这份罪呢？

最后，在黄丽穗邀请众友人倾听旅行社做行前说明的晚餐上，我斗着胆子，低着头大声地说："黄老师，我俩不去了，请各位好好玩儿吧！"

太太怕大家误会，接着说："黄丽穗，孙越的决定是对的，他觉得为了照顾他而劳师动众的，而你们这些好友们，都在提心吊胆地担心孙越的健康，一定不好玩。还有，每次跟你出去，到哪儿都好玩，但一回来我又全忘了。可是，你写的旅游书，像《走，我们坐船去》，我看了就如同又跟你回到船上，回到你带我们走过的欧洲街上，我想起来就看一遍，想起来就又看一遍，就仿佛你带着我们走一样。孙越常说，往后，你就只要看黄丽穗的书就行了，不用跟着去玩儿啦！"

就这样，我们临阵脱逃，没去！

不过，现在想想有点后悔，因为我若乘游轮随着黄丽穗去耶路撒冷，若真要在外面犯了病，"蒙主宠召"，还有柳健台、柳沈招治两位牧师可以在游轮上的"小教堂"为我做"安息礼拜"，那多好玩儿，在海上耶！

在她的身上，
我见证了梦想的驱动力

克缇国际集团总裁　陈武刚

　　她是克缇文教基金会的艺术总监，是传递健康、美丽的克缇产品的国际形象大使，是已经出版 15 本畅销书的旅行作家，而她更是与我牵手结褵多载的爱人同志。我们相知相守地合组家庭、共创事业，值此她荣登热门排行榜的近作《出走：用旅行找到生命的亮点》即将改版付梓之际，我很乐意以见证者的立场，为我这位亲密伴侣的"出走"说几句话。

　　向来被克缇人称作"黄老师"的丽穗，犹如无限包容的地母一般，不仅具备美容与整体造型的专业知识，还能襄助我抚慰军心、鼓舞士气。每当我站在表彰大会的舞台上，申述德国思想家尼采的名言"人类因梦想而伟大"，借此号召营销团队设定目标、树立愿景时，她总会温暖而坚定地替还在犹豫的伙伴们排疑解惑。因此我十分相信，凡是踏着稳健步伐实现了自己梦想的克缇人，蓦然回首，必难忘怀丽穗曾伸出的这双推动梦想的手。

梦想究竟能激发出人类多大的潜能？数千年来历史早已证明，举凡科技与文明的进步，最初几乎无一不是源自个人发想的力量。但尽管典型在夙昔，真正能够让我大开眼界、衷心佩服的，仍是发生在我身边的事例。而丽穗用这五年来累积的旅游经验写成的《出走》一书，适足堪为我亲见梦想不可思议的驱动力的大作。

行万里路胜过读万卷书，此生想要周游世界，是丽穗在年轻时便许下的愿望，多年来，她也从未间断地一步步趋近这个梦想。不过随着时间的流逝，她因时不予我的迫切感，而对圆梦展现出的坚强、笃定、勇气与毅力，在在令我啧啧称奇。

造访不曾涉足的陌生地方并体尝新经验，当然需要非比寻常的胆识。然而平日居家时的丽穗，一向称不上是个"勇者"。她怕蛇，即便只是听人说说，都会感觉不舒服；她还怕蜘蛛，偶尔从花园里爬进一只蜘蛛，她会惊呼不已。不过这样的"弱女子"却在旅行这个至爱的召唤下，变得勇气过人。

她两度飞抵荒僻原始、群兽环伺的非洲草原。为了追逐动物，乘敞篷吉普车在大草原上奔驰寻觅不说，还夜住树屋、宿帐篷，甚至摸黑早起以搭乘热气球从高空俯瞰其踪迹，谦卑地进入了厮杀捕猎、迁徙传承的动物世界。以局外人的眼光审视，在物竞天择的丛林法则里，任何的闪失、大意都可能招来横祸，尸骨沦为胜利者的美食。但对满心向往的丽穗而言，能够与各类色彩缤纷、活力十足的野生动物徜徉于同一穹苍下，却似乎是"余愿已足"的幸运。

同理可证，原本胆小的她来到能"涤净视野与心灵"的阿拉斯加，果敢地登上六人座的螺旋桨水上飞机，从高空遍览冰原的奇景；还乘坐了世界落差最大的滑索，挑战脚下万丈深渊，以时速约 90 千米的速度飞经峡谷上方；甚至是凌驾于美国大峡谷之上、与悬崖峭壁为伍的"天空之桥"（玻璃桥）开放未久，她便已躬逢其盛，尝鲜不落人后。

其实就连她自己也对读者这样告白："从前的我最胆小、最怕死。因为旅行的锻炼，胆量与眼界就像快乐的能力一般，放大了！"

为了实现"探索这美丽且充满惊叹的世界"的梦想，她的生活益发显得目标明确、计划周详。为了维持健康和体能，她的饮食习惯素来清淡、节制，更自律甚严地每天都在跑步机上运动。有时她会自娱娱人地取笑自己缺乏逻辑概念，但每当做起年度旅游计划时却是思路清晰、层次分明。事实上，与梦想挂钩的不仅是头脑，她的身体亦然。"做我喜欢的事，游山玩水、赏景尝美食，我可以从早到晚一连活动六七个钟头依然神采奕奕，不显半点疲态。"我亲密的老婆黄丽穗如是说。

至于封她为传递健康、美丽的克丽缇娜产品的国际形象大使，亦跟她在穿梭于不同洲界的圆梦之旅时，经常因皮肤光泽、体态轻盈，具有超越年龄的丰姿而吸引了国际人士的注目有关。她从不吝于与人分享长途旅行的保养之道：趁登机前的空当卸掉彩妆，擦上润泽的保养品；一上飞机就换上舒适的衣物，并在身体的几个部位涂抹上保湿霜以免干痒；双手擦上护手霜，戴上棉质手套。这样，下机前她只要薄施脂粉，就可以容光焕发、充满自信地踏上旅程了。

近年来我因为公务繁忙，鲜少有机会与她携手同行，但总是诚心诚意地满足她强烈的旅游愿望。我竭尽所能地为她打造足够的空间让她圆梦，每当看到她用娇小的身躯、坚强的意志完成一趟趟旅行，带着充过电的快乐眼神回到家时，我往往也会兴起一股浓浓的成就感。

"人没有不可能实现的梦想，只在于你是否有足够的勇气、意志坚强的真心去完成！"我相信，丽穗以实际行动告诉了所有读者朋友。

旅伴们如是说……

每一次"旅行"对妈妈而言，永远都像小学生的初次远足那么令她期待。出发前的殷切等待与计划，旅程中的目不暇接与兴奋，归来后的细细回味与珍藏。

只要旅行，就可以让她变得聪明灵巧；只要旅行，就可以让她变得不屈不挠；只要旅行，就可以让她变得文思泉涌。

旅行让她青春不老！

——娃娃

和丽穗同学出游，可以磨炼你的心、你的脑、你的眼，因为你得用你敏锐的心去感受美的飨宴，得用理性的脑去接受异国的文化熏陶，得用你澄清的眼去观看造物者的神奇。

她常营造"surprise（惊喜）"，它是旅行中的亮点，不过我觉得她才是个最美丽的"surprise"。

最重要的一点，跟她出游，你得美美的哦！

——徐美珍

旅行是人生旅途中持续不断的启发和思索的重要事件，旅途上的友人是媒介，也是生命记忆中难以抹灭的印记。是师、是友，亦是亲——丽穗即是。

——高慧芬

　　我们出游，已经数不清有多少次。大游、小游，为吃一个小摊、为一个景色、为再见远方友人，有千百个理由令我们出走，人海茫茫，如沙众多，却在我们的生命中印下深深的记忆。

　　当你拥有一位永远充满活力、玩起来从不喊累的朋友时，顿时完全翻转成缤纷彩色人生！

——陈红丽

寻觅人生中不同的风景

　　一晃眼，五年过去了。距离我上一本书，已然飞逝了一千多个日子。但飞逝的是光阴，我并没有荒怠自己的人生。

　　前面的两年半，我全心投入于台东初鹿牧场的规划与设计，日日夜夜脑袋里转的全是"树怎么种？道路怎么铺排？人车如何分道"。诸般琐碎却又轻忽不得的细节，驽钝的心智因此无法再容下任何一点文字。好不容易大事底定，后面的两年半，我慌慌然拾掇起久违的至爱——旅行，努力地实践"出走"哲学。

　　如是这般，当行囊重新装满，我才胆敢再度执起羞赧的笔，为您书写这份——出走的心情！

　　出走，到底是什么？

对我来说，出走是为了离开原有的缤纷，远行至一个不同色彩的世界；它让我得到情绪的休憩，找到向阳的出口；它让我与早已习惯并依赖的生活暂别，以便学会珍惜；它也让我因为拉开的空间和时间，重温思念的美好，重新练习爱人的能力；它甚至让我反躬自省，调整生命要件的次序！

出走是一种训练，是一种培养，是一种启发，是一种对已然被生活锈蚀的脑袋最好最速效的救治！

出走是为了发现生命的亮点，寻觅人生中不同的风景！

出走绝不是为了逃避，而是为了找寻回家的路！

因此，这本书，我从荒僻原始的非洲大地，书写到繁华光灿的日本东京；从水汽氤氲的意大利威尼斯，书写到两岸温风煦煦的南法河轮；从古意盎然的北京，书写到前卫多彩的纽约；从神秘炽热的开罗，书写到苍茫冷冽的北极；从群兽环伺的非洲草原早餐，书写到银座香奈儿餐厅的优雅晚宴；从细腻雅致的三星法国美食，书写到温润暖胃的地道日本拉面……

而我所有倾心相诉的书写，仍然一本初衷，希望能与读者们携手同游，一同探索这美丽且充满惊叹的世界。当您打开我的书，进入我的文字与照片，您必能了解我的心意，与我共赏美景，同享这丰美的盛宴！

如果您喜爱我的陪伴与导览，那么，接下来，我还将探索格陵兰的绝世美境；也想带着大家，细游法国古堡……让我们在此预约下一本的旅程，谁教这可爱的世界，是如此令人遍游不腻，如此令人甘心"出走"呢！

CONTENTS

PART 1

乐在旅行

旅行的福分

能够旅行，是福分；

能够乐在旅行，是惜福。

如果说，"偏执"可以解释成一种瘾头，那么我对于旅行，显然是"上瘾"的。

我的意思是，但凡生活中大小琐事，我总有疲乏倦怠的时候。唯独旅行，怎么也不腻。全盛时期跑机场简直像跑自家厨房。朋友们要见面，还得把握我那些可遇不可求的出国空当，不然，稍一蹉跎，我又"飞"走了。

"那个国家，你不是去过好几次了吗？"朋友在电话那头听来满腹不解，"又要去！玩不厌吗？"

"当然玩不厌啊，"我振振有词，"即便是同一处景点，春天去是一种景象，秋天再访，又是另一番面貌啊！"

为了旅行，我理直气壮。旁人眼中近乎偏执的行为，我却可以轻

易找到一百零一种的理所当然。

　　想想看，那些散布全球的大城小镇，那些藏身于街衢巷弄里的特色小店，小店里陈设的独特摆饰。又或者，一家名不见经传，却好吃得令你动容的餐馆……这些，不都值得我一再重复地收拾行囊，走出自以为是的象牙塔吗？

　　就拿巴黎的蓬皮杜艺术中心来说吧，每一回造访，都因为此刻正举办的特展，而让我有不同的收获。尤其在自己开始习画以后，我更加喜爱周身浸淫在艺术氛围中的那种成就感与饱足。画不是我画的，雕塑不是我做的，然而我既不远千里而来，得以亲炙艺术家们的作品，甚至从中偷师技法、创意，让我驽钝的脑袋磨砥出万分之一的灵光。

这么"好康"的事，我何腻之有？

又比如，我心中的至爱阿拉斯加，少说也去过七次以上了，但我至今仍对斯土斯景一往情深。每一次的探访，总能有不同的感受。我可以毫不矫饰地说，阿拉斯加涤净我视野与心灵的功能，至今丝毫未减（只是近年因为全球气候异常，过去所见覆满山头的白雪，那令人震慑的万年冰河，现在逐渐呈现一种像是弄花了脸的残妆，实在令人好不心疼）。

能够旅行，是福分；能够乐在旅行，是惜福。

两三年前，我刚从法国里昂参与了八天的河轮之旅回国，时差刚调回来，便又兴致盎然地打给美国的大女儿，要她确认是否参加隔年初夏的托斯卡尼之旅。

"妈，我们不是刚从里昂玩回来吗？"女儿万分惊诧地在越洋电话中问我，"您都不会累啊！"接着她又不可置信地加了一句，"而且，托斯卡尼是明年五月的事耶，还有七个月呢！"

我哈哈大笑，像个孩子似的回她：

"人生就是要这样才有意思嘛！现在的我为了明年的计划而兴奋，多快乐呀！"

用双眼与心
记住的风景

只有映在我瞳仁与心湖中的景色，

才是真正难以言说的美。

　　我喜欢尝鲜，又热衷玩耍，两样人格特质相加，遂成了不折不扣的"好奇宝宝"。

　　搭游轮，我就要不甘寂寞地每条船都试试。别人是"学"有专精，我则"玩"有专精到可以写出一本专讲游轮之旅的主题旅游书——《走，让我们坐船去》。

　　所以，好奇如我，一听说有"河轮"旅行可以参加，怎可能错过！

　　所谓河轮，是简约利落的小型轮船，可搭载数百人不等，行驶于法国隆河，停靠沿岸南法各小镇。我本来想订载客量三百人的，想不到十分热门，船位早被抢购一空，只好改订一百多人的那艘，船名"A Rose"——一朵玫瑰？真真满溢着法兰西风情啊！

　　河轮因为小，大家的舱位都差不多，所以只有一种票价。小小的房间，两张几乎要并靠在一块儿的床……有纱窗，无论如何得拉下，因为行驶河岸，蚊虫什么不可免。真要欣赏风景，得爬上船顶的甲板。没有豪华游轮上凛冽的海风，只有平静慵懒的两岸草木与房舍，用一种不疾不徐的态度，目送着旅人们。

　　八天七夜的航程，船上当然也有表演节目。多半是请当地歌手献唱几曲，或者跳几支佛朗明戈舞。如果你坐过动辄上千人的游轮，观赏过那种堂皇炫丽的歌舞秀，河轮上的小型演出当然就略显阳春。然而身处南法河流之上，佐以旅行中的悠哉闲适，倒也不失质朴轻松。

　　游轮，走的是海，航行于国与国之间，举目所及尽是汪洋。河轮，行驶于平稳无波的江河，几乎无须担忧天候，停靠一个又一个小镇。

两岸近在咫尺，房舍、人物，甚至是花鸟虫鱼，都能尽收眼底。随着船身前进，映入眼帘的景致不断变化。还能造访那些充满法式风情的城乡小镇，这约莫是河轮旅行最为引人之处！总之，想要奢华，它会让你大失所望；但若是追求静谧祥和，它绝对有意想不到的美丽。

我自己就在此番河轮之旅中，享受了两次极其幸福的时刻。一次是在登船次日，我起了个大早，因此见到河面上笼罩的晨雾。那情景如幻似真，美得让人难以置信。我自年轻钟爱旅行至今，深知全球各地的自然美景，已因全球变暖而几乎所剩无几，所以有幸得见那难能可贵的缥缈悠然，心情既激动又感恩。我对自己说，能到世界的一角玩耍，好幸运。但时间点对了，因此独享美景，这又是何等幸福！

我不能免俗地按下了快门，观景窗框住的画面看来也许没什么了不得，只有映在我瞳仁与心湖中的景色，才是真正难以言说的美。

另一回，晚饭过后，我没有吆喝同伴，自己一个人登上船顶甲板。时间是晚上9点，我兀自庆幸船顶没什么人。就这样斜靠在躺椅上，仰首望着毫无光害的星空……这才知道什么叫"万籁俱寂"！

月亮像条眉毛似的，朝我善意地弯弯笑着。这一路航程行来，月亮每天多一点、多一点地露面。波光粼粼的河面，别人在品酒聊天，而我仰躺在船顶，静静地吸取所有旅行的精华，心满意足地与自己对话。

繁华落尽后的平静安谧

人到了一个年纪，就该有三不：
不要等，不要省，不要管。

　　10 月中，法国的天气就像个极度情绪化的女人。17 摄氏度的巴黎，简直称得上冷。尤其欧洲那种秋意，绝非不干不脆、拖泥带水之流，要冷就真的冷。我穿了毛衣加皮大衣，还得戴上帽子才能御寒。

　　然而南法可全然不是这么回事。有天我们到勃艮第参观葡萄园，气温竟然攀升到 32 摄氏度。加之全球气候紊乱，今年节气尤其不正常。据当地人说，往年 8 月早该收成了，今年却拖到 9 月。我们到的时候，只剩几株晚熟的，孤苦无依地兀自悬垂着。于是，在烈日与高温的作弄下，除了枯叶还是枯叶的葡萄园，正因为漫无边际，更加放大了那难以言喻的苍凉。

　　我顶怕热，尤其畏惧顶着烈阳徒步。南法溽暑似的气候让我几乎在深秋"中暑"！但这看似令人失望的景象，却也让我有了一番不同的体悟——谁说行事必得当令？谁说旅行必得赶在旺季？眼前繁华落尽的葡萄园，不正像是由熙攘喧闹的盛世，退居平静安谧的人生另一阶段吗？

就像我此次搭乘河轮，认识了也是从台湾来的吴先生、吴太太。两人都80多岁了，相偕走遍世界。热爱旅行的他们，各式豪华游轮已乘过不知凡几，为了尝鲜，二老特地来到南法搭河轮。

他们那种连年轻人都难以企及的生命热力，真让我欣羡。尤其吴先生，今年3月份去南极时，才在冰山上滑了一跤，所以河轮之旅他总拄着拐杖。老妻一路搀持着他，鹣鲽无比情深。我几次想要偷拍两

人的背影，又怕失礼。最终取得他们的同意，拍下一张夫妻俩互持着走向古堡的照片。

前方是久经岁月淘洗的古城建筑，衬之蔚蓝如镜的天空——那一刹那，我真觉得二老的身影，较之河轮行经隆河谷时那些在河岸边激情拥吻的年轻情侣来得更加美丽、动人。

还有一位单独旅行的李先生，退休的企业家，也已年过八旬。他英、日文都说得流利，已经环游世界两次。最难能可贵的是，那在职场上呼风唤雨的权杖，李先生毫不恋栈，已然交棒给第二代。他打趣地说，把船上当高级养老院，一点也不寂寞。每次出门旅行，就当是交朋友；闲时还能当当月老，替人牵牵红线，不亦乐乎？

李先生因为生过大病，开刀痊愈后，说自己容易累，常见他走完一段路后气喘吁吁。尤其出国旅行，每天都少不了要徒步，其实很是累人。但李先生玩得比谁都起劲，每到一处，他买糖、买小酒、买肥皂、买小纪念品，说是旅行纪念。我倒觉得，他买的更多的是对生命的热情！

他坐船，喜欢买两个船位，既能住得舒服，又不必迁就别人的生活习惯。这就像我朋友说的，人到了一个年纪，就该有三不：

不要等，不要省，不要管。

十分庆幸能在河轮之旅中遇到这些"前辈"。行万里路胜读万卷书，谁说人生只有年轻才能精彩？只要懂得活出自己的价值，任何年纪都可以发出"当令"的光彩！

能
屈
能
伸
的
『
旅
行
力
』

能有多少人，可以被法国的隆河水
淋成落汤鸡呢？

南法的河轮，虽然不若海上的豪华游轮那般庞然不可一世，但就科学与工业设计的角度来说，小小一艘河轮，可也是玄机精妙，令人赞叹又佩服。

就以我此次搭乘的"A ROSE"来说吧。航程中，必须经过十四道水闸门，也就是说，当河面出现巨幅的高低落差时，必须靠精密的计算与操控，才能使船只安全无虞地通过。也因为乘坐的是河轮，我才得以近距离地看到人类工程与科技的伟大之处。

我实在太过兴奋，像刘老老进大观园似的，拿着相机从船头跑到船尾，又从船尾冲回船头，相机连珠炮般拍个没完，拍得连老外都自动让位给我这娇小的东方女人。只要我一拿相机靠近，大家纷纷退让，把最好的视野留给我。

想来，我恐怕也成了他们眼里的"奇观"了。

船只通过水闸门时，闸门升起的声响十分巨大，咚、咚、咚、咚，接着河面升高，河轮下降。有人大叫："Water（水）!"我却浑然未觉，还在忙不迭地拍照，深怕错失了什么……

等到回神，来不及了！被闸门带起的河水如倾盆大雨般兜头灌下，哗哗淋了我一身！

还好相机没淋坏。

我奔回舱房洗头洗澡换衣服，心里竟然没有半点怨怒，反而因为这无伤大雅的"意外"，我半是自嘲半是满足地笑起来。

本来嘛，能有多少人，可以被法国的隆河水淋成落汤鸡呢？

　　高低落差深达 26 米所形成的瀑布，几乎有九层楼那么高，而船长先生就安坐在瞭望台上，上升、下降地指挥若定。通过河上的便桥时，因为船顶距离桥底只有一点点，大家会被谆谆警告千万别站起来。生平头一遭，我身处船中，清楚体悟了"小心驶得万年船"的真义。

　　然后，有那么一天，我实在按捺不住了，经过船长室门口，用我的破英文朝里面的船长先生喊：

　　"You are my hero!（你是我的英雄！）"

　　喊完拔腿就跑，太害羞了！

　　南法河轮上，多半是有钱有时间上了年纪的欧美人士，我们这几张东方面孔反而是少数。老外吃自助吧早成了习惯，所以对船上日日都是 Buffet（自助餐）不以为意。但对饮食讲究且多元的我们来说，实在有些难为。还好都是当地食材，新鲜不在话下，厨师在有限的范围内烹调出一道道滋味不错的料理，实属难得。

　　旅行中，我的标准往往自动放宽，不若平日因为求好心切而锱铢必较。正因如此，我的旅行能力"能屈能伸"，快乐便比别人容易许多。

心上的甜味

吃甜点，某种程度上像在品味
生活的质感。

　　我有一盒巴黎Fauchon（馥颂）的软糖，装在深咖啡色的硬纸盒里。从巴黎买回来以后，我很省着吃，嘴馋时只允许自己取用一块。慢慢享受反而显得弥足珍贵，糖果本身的芳甜也不致因为吃得太多，而被腻口的感觉给破坏。

　　Fauchon是十分知名的法国食品厂牌，但这款水果软糖的外观设计乃至口味，毫不哗众取宠。简简单单的四方形，暗橘与巧克力褐的配色，砖墙一般堆砌在Fauchon的盒子里。小口咬下，酸酸甜甜的味道随着微弹牙的口感，在齿颊间散漫开来，如果能配上一口茶或咖啡，更能幻化出美妙又幸福的旋律。

　　我不是个嗜甜的人，但每到巴黎旅游，总觉得甜点是这个城市无论如何不能错过的"文物"之一。吃甜点，某种程度上像在品味生活

的质感。而对于做甜点的人来说，我私心揣想，则像展示一种生活态度吧。

　　我因此从很久以前就学会"敬重"甜点师傅，至少尊重那份心意。我甚至对朋友说，当甜点上桌，千万别急着拨去那些也许你看来嫌甜的糖霜、焦糖酱……即便只是一道装饰在盘边的拉花，或是纤细如发的糖丝，可能都是师傅好几年的功夫。说不定还能看出做甜点的人当天的心情呢。

　　稍微正式一点的餐厅，Menu（菜单）列出的套餐一定都有包含甜点。这种在餐后登场的点心，更是像乐曲的最终章一般重要的存在。

有时听人讲起某家餐馆，也许主菜味道如何他已不复记忆，念念不忘的竟是餐后甜点，忆述起来余韵犹存，回味再三。

尤有甚者，一家餐厅从前菜、沙拉到主餐可能都不过尔尔，但正当你吃得意兴阑珊之际，好的甜点却可以如春雷般，惊醒你行将睡着的味蕾。

果真如此，那无疑可以列为旅程中最值得纪念的惊喜之一啊。

A380圆梦之旅

天下既没有白吃的午餐，
那么自然也没有可以轻易
满足的好奇心。

寻常生活中，我算得上是个谨慎的人（谨慎，但不拘谨，更不至无趣）。在自己习惯的轨道上过日子，安分守己。就像我的饮食习惯，不嗜辛辣、不碰刺激性饮品。每当朋友大赞某家餐厅的咖啡如何香醇时，我通常只会举举手上那杯温开水，表示心领神会。

唯一能让我放胆从自己的"安全范围"探身出去的，只有旅行。

比如说A380客机，既然它已悠然在蓝空中翱翔，我无论如何不能只当个"听说"的人。好奇的细胞在我周身的血液里窜来窜去，我非常想要亲身体验，乘坐当今世上最巨大的飞行机器是什么感觉。

当时全世界仅有阿联酋航空以及新加坡航空两家公司拥有A380。然而阿联酋往返巴黎的A380票价较为昂贵，我几经打听，刚好得知新航推出一套优惠方案，于是速速托了相熟的旅行社，订下我的

A380 "圆梦" 入场券。

要满足我的好奇心，代价可不小。首先，我必须花 4 个半小时飞去新加坡（回程亦然，再花 4 个半小时飞回台北）。接着，得耗去 7 个小时转机时间。换句话说，为了这"亲身体验"，我足足比搭乘一般客机由台北直飞巴黎的航程多花了 9 个小时。

天下既没有白吃的午餐，那么自然也没有可以轻易满足的好奇心。

A380 机舱之大，前所未见。就连回旋手扶梯也比我以前乘过任一架客机里的更为气派。最有趣的是，这架飞机的头等舱座位居然是一个个独立的小房间！

真是大开眼界！

虽说是有门的房间，但也许是基于飞行安全的理由，它既享有隐私，又不至完全的封闭。睡觉的时候，并不是将原本的沙发放平。只见优雅的新航空姐神乎其技地从座椅背后"凭空"抽出一张床来，然后温柔地替你铺好垫被，摆妥枕头、毛毯。毫不夸张地说，你简直像身处飞行的酒店房间里。

商务舱里有个酒吧，可供三五好友暂时离开座位，悠哉地小酌一番。至于经济舱的座位，则比一般飞机的经济舱宽敞、舒适得多。

餐点的部分，若是对坐惯商务舱或头等舱的旅客而言，恐怕并无特别值得惊艳之处。

这一趟 A380 之旅，我满足了想一窥堂奥的好奇心，但你若问我："满意否？"我想答案不一而足。并不是它不够好，而是旅程中体力、时间的耗费，势必都得算入昂贵的票价中。

　　谁说好奇心满足一定得"满意"？长年的旅游经验，我早早就学会要为代价的付出感到"理所当然"。当你觉得理所当然，就不会引以为苦。否则，一边走一边抱怨，钱也花了，到头来还弄得自己一肚子闷气，就失了玩耍的真义了。

惊喜与失望的一线之隔

"名不虚传"的拉面，受了愤怒的池鱼之殃，无论如何都不可能美味了。

旅程中的惊喜与失望，有时仅有一线之隔。

京都的汤豆腐名店让我们吃到了名不虚传的豆腐极品，但配菜却平凡无奇，失了该有的等级。

不过时隔两日，我们却在岚山一家同样是卖汤豆腐的小店，吃到了十足美味难得的小菜。的确，若论豆腐本身，还是京都名店胜出。但此间配角的出色，却更令人惊艳。

又如巴黎，同样都是米其林三星餐厅，一家餐点棒、服务好，离开前，经理还笑盈盈地问："您还满意吗？"他甚至还向我们递来名片，促狭地比着手势说："Call me!（打电话给我！）"

即便土包子如我，也能欣喜感觉到，这是一间让人没有压力的顶级餐厅。

　　至于稍早之前我们去的那一家三星餐厅，则全然不同。餐食过浓，人情过淡。侍者们从头到尾板着脸，真是空有三星名望，却不见三星资质。

　　还有一回，也是在巴黎，我慕名与友人去吃一家拉面店。整整排了一个小时，才终于吃到一碗。那滋味，只能以"普通"形容。

　　而给那碗不怎么样的拉面雪上加霜的是，当漫长的人龙几近以停滞的速度缓慢地前进时，透过餐厅的落地窗，所有排着队的人应该都看到了一幅"奇景"——只见两张东方脸孔对坐着，桌上杯盘狼藉，显然已经食毕一段时间。

　　对于窗外鹄候的人潮，那一男一女完全无动于衷。他们不住地聊天、说笑，时不时还对疲惫的我们投以炫示的眼光。接着，男子起身去洗手间，留在座位上的那位女士慢条斯理地"表演"着：一会儿擦擦嘴，一会儿又拨拨头发，然后，好整以暇看看窗外这群可怜的"观众"。

　　"大小姐我就是不走，你们能奈我何！"她的眼神、举止，相辅相成地这样说着。

　　错把傲慢、目中无人当成"优雅"的那两人，就这样蛮横无理地强暴了我们的精神。

　　也许正因如此，"名不虚传"的拉面，受了愤怒的池鱼之殃，无论如何都不可能美味了。

与『对味』邂逅

年代不是问题, 尺寸也不是距离。

旅行, 有时是为了培养购物能力。

至少, 我个人相信, 明智的购物与旅游经验绝对成正比。当你旅行的次数不断累积, 自然就会养成较聪明、较有计划的购物习惯。喜欢的地方若一再重游, 也必定更能判断: 什么是不买会后悔的, 什么又是"拥有不见得比纯欣赏更好的"。

就拿巴黎来说吧, 犹记得最初一两次造访, 在忙不迭的惊叹与目眩神迷之际, 荷包多次在一种神智近乎受到蛊惑的情况下打开……除了买, 还是买!

后来, 去的次数多了, 对于这个喜爱的城市, 我渐渐像匹识途老马, 只在自己钟情的角落停驻、休憩。

我喜欢逛小店, 喜欢在跳蚤市场里探寻, 喜欢那种在不经意间与"对

味"的东西邂逅的惊喜。年代不是问题,尺寸也不是距离。我从大件家具买到随身小物,上海的家中,万分和谐地摆设着我从法国大型跳蚤市集买来的古董五斗柜以及纤细优雅的仕女书桌……不知道是不是因为在有过租界历史的上海,所以那些带着古老法兰西灵魂的东西,才会与现代的沙发、餐桌莫名的契合。

我还买过古董望远镜。仍然具有实用价值的老东西总让我更添遐想:它曾经在什么人的手上持用过?是谁送给谁的?美丽的女贵族曾经透过它,看过怎样一场精彩好戏?

而我在新西兰买的一串项链，尽管只花了区区 10 元纽币，但我对它的宝爱珍视，却无异于名牌珠宝。白衬衫，搭；黑高领，搭；驼色大衣，搭；蓝色洋装，搭。一颗颗由大到小排列的琉璃珠，通透欲滴的红，不能再简单的款式，不见半点俗艳地组成一件百搭圣品。

古董耳环、戒指，真正爱不忍释的，我也会在细细思量后，精挑细选地买。价格虽然贵，但古董的沉潜、典雅，现代制品有时还是难以望其项背。出席重要场合佩戴，总觉得自己也风雅起来。

旅行中的购物依据，其实不在物品本身价格高低。有时愈是便宜的东西，愈有可能因为冲动而"瞎"拼。买回家愈看愈不解：为什么会买？买来又要干吗？

所以，当你在旅途中，为了一样物件意乱情迷甚或心荡神驰时，请保留三分之一的理智，细想买下之后的用途与归处。想不出来，就暂且留给更适合、更有缘的人吧！

属于我的度假意义

既是"假期"，就该"悠闲"以度。

度假的真义，到底是什么？

有些人，旅行如赶集、游玩似拼命。踏进家门，贴纸似的黏上床，大睡一场。醒来像黄粱一梦，除了血拼后的纪念品，什么也不剩。

何苦？

我有两顶遮阳帽，旅行专用。春夏的那一顶，极薄的麻纱，造型优雅。因为它轻，不会压塌头发，且帽檐可以完整遮住我的脸。它好折、好收，压在行李箱里也不怕变形。

秋冬则是一顶帅气的黑灰色毛呢帽，我总斜着戴，既能遮阳，也能兼顾造型。

这两顶帽子，有点像是旅游图腾。看到它们，就代表我要出门度假了。

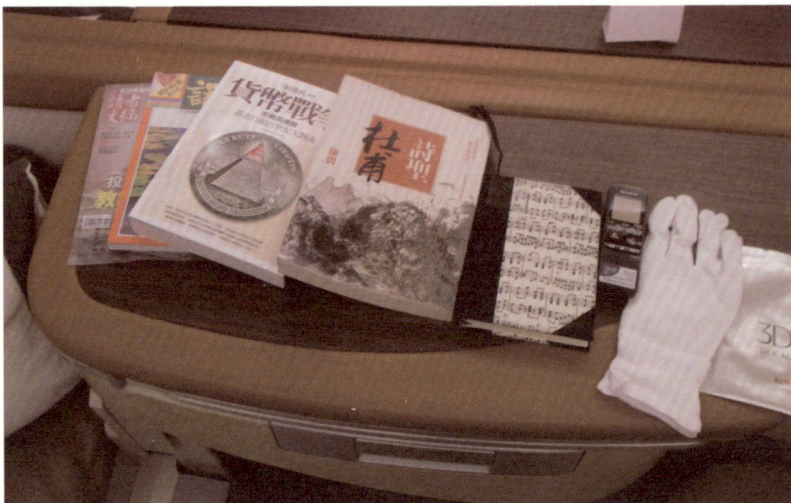

　　既是"假期"，就该"悠闲"以度。平日里的汲汲营营，是不得已。好不容易放了假，怎能容许自己再被时针分针给催着跑？

　　所以，出门旅行，必带者还有——书。

　　长途旅行，预计常有独处机会的，我就带本平常没时间细读的长篇小说。比如游轮甲板，这种全世界悠闲排名绝对数一数二之地，一书在手，长椅上一卧，世间纷扰便与你无关。我尤其喜欢那种周围人士都操着外国语言的感觉，度假的氛围更形清晰。

　　旅程短，我便带轻巧易读的小书。所谓易读，多半是指行文轻松，不讲什么人生厚重哲理。你也许可以试着在旅行中，寻一间异国的咖啡馆，在听不太懂的人声笑语里，阅读自己熟悉的文字。一小时或两小时，你是异乡风景里定格的一名旅人，而不只是匆匆复匆匆的过客。

　　这便是我所谓的"度假"，我所谓的"闲适"。那么，当我返家，我的形体或许劳累，但我的心经由旅行的休憩与养护，必定是精神百倍的。

存在心中眼底的印记

本来以为拍坏了的照片，
反而更贴切地
诠释了那份朦胧美。

　　照片中的我，站在克罗地亚的杜布罗夫尼克城的街道上，晚上八九点左右，刚下过一场雨，地上泛着湿漉漉的幽光。

　　月亮已然现身，高悬在我背后，长巷的尽头。那景象，静谧纯净得仿若时间定格。我把相机递给朋友，深怕惊扰了什么似的，悄声说：

　　"太美了！快，帮我拍一张！"

　　朋友依言举起相机，不知是紧张还是怎的，按快门的时候，她的手晃了一下。相片洗出来，身处前景的我并不全然清晰，整个场景有种晕染的情致。本来以为拍坏了的照片，反而更贴切地诠释了那份朦胧美。我非常喜欢，遂放大了装进木制相框，将杜布罗夫尼克的月光滞留在台北家中的窗台上。

　　这些年，来自旅行中的印记，多到不可胜数。一本本的相簿，若

31

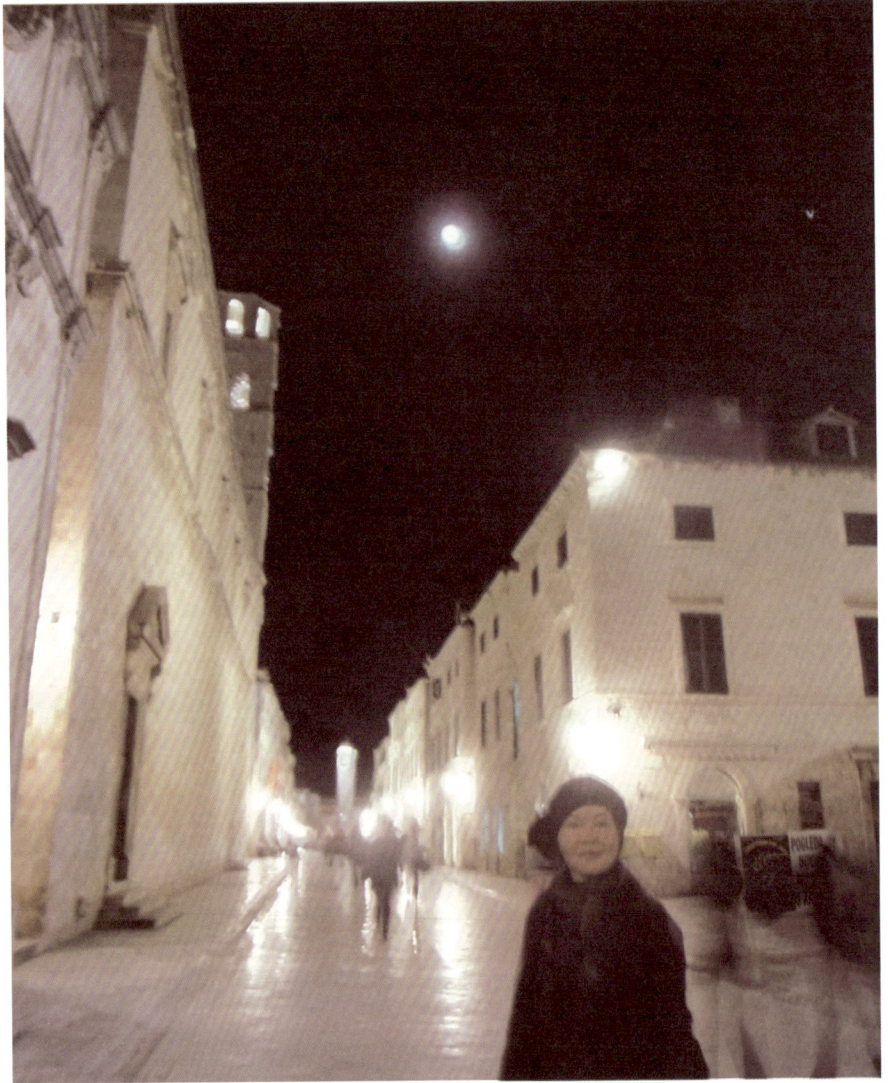

久未翻看，恐怕有些时日、地点，一时半刻还不见得想得起来。我因此提醒自己，玩得慢一点，远胜浮光掠影、走马看花。

忘了拍照存留的、难以具象记录的，就存在眼底心中，至少不怕泛黄发皱。

比如那一支我在威尼斯小巷里，边走边吃的冰激凌。我记得它在我的指间留下的香甜。我记得那一天，我戴着太阳镜，穿得轻松闲适。不太记得的，反而是自己的年纪，只管放怀享受朋友们结伴出游的幸福欢乐以及冬阳温柔的宠眷。

又比如，那一大球在希腊圣托里尼岛买的天然海绵，完全不含人工物料，纯净、柔软，每用一回，那一日的碧海蓝天便仿若在指间泡沫中重现。

意大利佛罗伦萨的街头艺术家，有些真真令人惊艳。悠扬的琴声穿窗入户，于墙柱间回旋。我循声走到广场上，驻足谛听，后来还买下一张小提琴手自己灌录的 CD。那是声音的记忆，每当琴声飘扬，佛罗伦萨的夜晚便又重现眼前。

日本日光的枫林野溪则在我记忆的快门里映下色香味俱全的一幕。当地人拦溪捕香鱼，就近在溪边的餐厅里烤着吃。我们每人至少享用了两条以上。那鲜甜美味，在满山枫红里，更加令人难忘。

凡此种种，不过是旅行中的吉光片羽，但随手拈来，却无一不美，无一不可爱，更无一不难得。你说，旅行怎不令人执着一生，乐此不疲？

加倍的快乐，无价

美好的友情与美食邂逅，
无论如何都值得。

"明天就要回国了，我们放胆奢侈一下吧！"

某一年的欧游，行程结束前夕，我们一群好友站在佛罗伦萨一家看来甚是高级的餐厅外，互相怂恿着。

结伴出游，彼此间敲边鼓的能力可不容小觑。平日里个个神清智明的脑袋，先是有异地风情的催眠，再经众口铄金的洗礼，本来舍不得花的钱，全冲着友情的面子，潇洒抛掷去也。

那餐厅内部之绚丽精致，远远超出我们的想象。它甚至有个中庭，布置成中国式的庭院，绿色的植株此一处彼一处地构筑出美丽的视觉印象。每一桌的客人几乎都穿着十分正式的小礼服，优雅地或用餐或交谈着。

走进去，我们不约而同看着彼此，眼神里是同一句话：

35

"怎么办？我们穿得不够'好'耶！"

本来嘛，一群临时起意的旅人，能打扮得多称头？所幸，我们并没有风尘仆仆的疲态，加之友伴中，有人那日刚好拿的是名牌包，她还十分可爱地将那尊贵的包包往桌子正中一放，用一种昭告天下的语气说："现在，我们只有这个包了！"于是，名牌包顿时成了我们的保护伞，大伙安然在"伞荫"下就座，开心点起菜来。

此间的餐具，大量运用意大利的特产——玻璃制作，件件美到不行。摆盘，无可挑；服务，没处嫌。尤其令我们欣喜的是，它的意大利菜好吃得令人咋舌。尽管所费确实不赀，然而在一间极尽华美的餐厅，酒足饭饱之后，大伙再度发挥互敲边鼓的长才，振振有词地说：

"我们可是在意大利耶，多难得！这种机会，多少年才有一次啊！"

　　也是，友情无价，难能可贵的相聚更不可计量。美好的友情与美食邂逅，无论如何都值。

　　还有一回，也是在意大利，同样是回国前一晚。我与友伴们在罗马居然吃到了非常美味的中国菜。因为太难得、太高兴，以至于我把自己极之钟爱的太阳镜给忘了，就那么浑然不觉地留在餐桌上，猛然记起时，已在返国途中。

　　懊恼、可惜，却也无奈。旅程中遗失自己珍爱的东西，难过的感觉更甚平时。

　　也许，正因为出门在外，所以无论快乐、感伤乃至生气，常常都是加倍的。

如人饮水，美味自知

当食物入口，与自己"合不合"，
即是"美不美"的唯一重点。

约莫从三年前开始，我的旅行目标有所转换。购物的想望减少了，寻访美食的比重增加了。只要听人说哪里有好吃的，我便如蜂蝶采蜜般，循香而去。

当然，所谓美食，因人而异。别人觉得好吃的，吃进自己嘴里不见得对味。有回去日本轻井泽，请出租车"运将"（即司机）推荐他心目中的庶民美食。司机先生一听脸都亮了，露出"包在我身上"的表情，将我们载到一间荞麦面店门口，笑眯眯地说：

"欧伊细哦！"

据说当地人都爱这家店，尤其司机大哥们，要吃荞麦面，从来不作他想。

结果，不——好——吃。

38

　　对我来说，面条本身太硬，汤也不如何。其上的天妇罗，口感更是普通。我一面咀嚼着嘴里的失望，一面回忆起某次在代官山逛街，走着走着，不经意抬头瞥见前方建筑物的四楼挂着荞麦面的招牌。

　　不知道为什么，我就这么受了召唤似的走上四楼，进了那家小店。

　　无意间中奖的心情约莫如此。它的荞麦面，软硬适中，冷热两种食法，我都各尝了一些。无论汤、蘸料，无一不美。

　　数年前，我曾受朋友招待吃法国餐，地点在日本和歌山。当车子停在马路边一栋看来破旧的旅馆前时，老实说，我的内心瞬间浮起一堆问号。

　　然而，等我一道道正统法国美食如行云流水般享用下来，问号全变成了泛滥的惊叹号！

　　生蚝、松露、鹅肝——好吃到我不停地摇头。我甚至怀疑它破败的外观，莫非是一种刻意营造惊喜的心机？

　　还有一次，也是在和歌山，也吃法国餐，却是在华丽庄重的古堡内。那一顿我们吃的是午膳，一个人竟只要日币 3000 元左右，但美味丝毫不减。我一样吃得猛摇头，心里啧啧惊叹的是它极其富丽的装潢与不成比例的亲民价格。每看一样摆设或餐具，我就在心中替店家大喊：

　　"亏啊！"

　　银座邻近新桥处，有一家西班牙料理，在米其林评鉴上属二星，但它在我心中是第一名，胜过巴黎的三星餐厅。它的菜单都是精心设计过的，非常美丽。我爱它源源不绝的创意与细腻的美味，尤其是一小口一小口放在汤匙上、让人浅尝辄止的分子料理，更是我的最爱。餐后十种甜点，精致细腻不在话下。

什么叫美食？我以为是：如人饮水，冷暖自知。当食物入口，与自己"合不合"，即是"美不美"的唯一重点。像我，不嗜辛辣；葱、蒜无论生熟，半点也碰不得；洋葱只接受煮过的，是很多人眼中的怪物。但普世之大，美味之多，我还是能悠游于世界各国的美食中，自得其乐。

五星级的机上美容

靠自己的用心与不厌其烦，
好好"享受"长途飞行。

　　每回去纽约，总是搭深夜的飞机。在台北好梦方酣时离去，从小小的舷窗俯瞰自己生活的城市，零星的光点在墨黑的街景里亮着……我总有一种寂寞交杂欢愉的矛盾心情。

　　这一次尤其明显。11 月中的台北，时冷时暖，出发的这一夜，恰遇冷气团来袭，没有其他旅伴，我独自在国际机场候机、登机。难得的不为公事、没有特定目的，只是单纯地去看望小辈们。再说，从前访纽约，总是三四天，来去匆匆。此番我特意排了十天假，扣掉去、回程，可以整整在当地待上八天，时间上堪称奢侈。轻松，放大了；而寂寞，也因为一个人旅行的缘故，直到启程的前一刻，还依依不舍地紧跟着我。

　　所幸，上了飞机，旅程在空姐亲切的问候中进入较为热闹的阶段。这一回，我留下了寂寞与冷清，带着幸福的心情，开始享受接下来十五六个钟头的飞行。

"享受？"曾有读者困惑地问我，"长途飞行最累人了，做什么都绑手绑脚的，睡也睡不沉，又有时差，到底怎么做才可以用'享受'形容啊？"

读者诸君，我此文便为解惑而写，并且将私房小物公开，您或许就可一目了然了。

首先，是我的小枕头：紫色格子，中间绣着几朵小花，这充满着乡村情调的物件，是我多年前在法国乡下买的。因为它小得刚刚好，又轻，此后便成为我不可或缺的旅伴。上了飞机，它便是我用以"搞定"座位的第一步。有时不见得总有多余的枕头可要，自己备妥则万无一失。再说不只飞机上，我这小枕头到了旅馆酒店一样好用，从来不怕店家的枕头太软或太硬，垫上它就刚刚好。

接下来，我得"变装"。为了舒适的长途飞行着想，登机时的正式服饰必须换下来。什么时间换呢？在飞机升空，进入平稳飞行，请系安全带的指示灯灭了以后。那个时间点比较没人使用洗手间，换衣服不致造成他人不便。我会改穿一件连身的、附有大大帽兜的长洋装。淡粉红色，薄羊毛，舒适保暖又不致失礼。洋装内搭一条十分宽松的丝质长裤。此外，担心下机时头发扁塌，所以头顶的部分头发我会用发圈束起来，以维持发型。我爱漂亮，坚持"即便在飞机上也不可以丑或邋遢"！

脸上的彩妆早已趁登机前的空当卸得干干净净，并将润泽的保养品擦了个通透！谁都知道机舱内的空气十分干燥，倘若偷懒，保养没做足，十几个小时下来，莫名其妙的皱纹又多了好几条。如果情况允许，我甚至会敷脸，薄薄的保湿面膜与脸庞贴合，帽兜拉上，根本没人看到我在干什么。20 分钟后取下，神清气爽。

借由上洗手间之便，我会将肚皮、臀部都擦上面霜，以免干痒。回到座位以后，双手擦上护手霜，再戴上棉质手套。整套保养程序，到此算是大功告成。

看起来好像费力耗时，其实做惯了也不觉烦琐。倒是有回我这套"防御工事"，让邻座旅客大开眼界。对方饶有兴味地看我忙完一轮，既羡慕又佩服地对我说：

"看你皮肤这么好，原来是这样保养来的！"

我哈哈一笑，心里颇为自得。

外表搞定，脑袋可也不能闲置。我的随身行李中一定有书，且总是平日里无法细读的小说或长篇散文一类。读读书，看看电影，吃两顿饭，睡上 4 小时（有时吃半片安眠药，或可睡上 6 小时）。时间就在"忙碌"中度过，长途飞行何难熬之有？

在飞抵目的地两个半小时前（约莫是早餐前的空当），我会将连身洋装换下，改穿下机时的服装，再好整以暇重新化上淡妆，轻松愉快地吃完早餐，等着下机。

这就是我所说的"享受"。明明只是靠自己的用心与不厌其烦，却得到像是被专人伺候般的待遇，多超值啊！

启程，为了一场感动

不再为了出国血拼而兴奋，但愈来愈愿意为了一间餐厅或一处人间仙境而启程。

最近这几年，也许是因为渐长的年纪导致心境的变化，然后，心情影响生理，我的旅行慢慢走出一种看似矛盾、实则有趣的步调来。

怎么说呢？现在的我，若要逛街买东西，不到两小时便体力耗尽，呈现腰酸背痛、头昏脑涨的景况。但若是游山玩水、赏景尝美食，我则可以从早到晚，六七个钟头依然神采奕奕，不显半点疲态。

检视行李，旅行中买回的衣饰一次比一次少，相机里的回忆却一次比一次丰厚。我对旅行的热爱，不减反增，所以开始懂得"慢游"的好。不再为了出国血拼而兴奋，但愈来愈愿意为了一间餐厅或一处人间仙境而启程。甘愿为了那仅仅数小时的盘桓，付出时间、金钱以及完全净空的心情。

年初，我与女儿到新加坡住了两个晚上。新加坡？听来不太像旅行热爱者的选择。尤其对我这种已然"精益求精"的旅人来说，踏入狮头鱼身的国度，必然是为了那令人怦然心动的理由——美食。

我们拜访的餐厅，虽未曾参与米其林的星级评鉴，然其名声早已在老饕间传开。为免向隅，我在一个多月前就订了位：晚餐时段，6点半，两个人。

那是一间小洋房，坐落在小小的庭院中。门开处，台湾老板江振诚与他美丽的韩国妻子并肩站着，一起带着温煦笑意，谦和地迎接客人。

按常理推想：高高在上的老板娘，又是韩国名模出身，应该是光鲜亮丽，鹤立鸡群一般在自己的王国里昂首阔步，颐指气使。但我们看到的江太太，没有招摇的冠冕，反倒穿着与服务生一样的灰色制服，完全融入员工之间，招呼、打点，低调却又难掩其独特的清新气质。

三十位客人是这间餐厅的接待上限，为的是保证所有服务项目的品质。我们去的那日，楼下房间被一位西方人士包下了，于是母女俩在二楼落座。倒L型的空间，最里面是厨房，整体动线设计十分流畅。视线所及，最美莫过于一扇扇的格子窗，桌上的鲜花、蜡烛，泛着岁

月光泽的地板……所谓美感，是艺术能力，而无关金钱。

　　没有菜单，无须点菜，所有客人吃的餐点都一样。浓郁醇厚的顶级松露香味，尤其令人一嗅难忘，恰似全套美馔予人的感觉——感动、佩服、妙不可言。也因为食物太精彩，我们深觉不点酒委实失礼，却又碍于没有酒量，所以一人点了一杯，只求一个相得益彰！

　　多达五六样的甜点，是经过精心设计的安可曲。当用餐接近尾声，戴着主厨高帽的江振诚，亲至每一桌向客人问好。我们如粉丝般争着

与他合照，对于老板的柔软身段与谦虚友善，实在由衷佩服。

这是一间充满"人味"的餐厅。

当我们要离去时，仍是一身厨师服的江先生，与夫人一起送客到大门口。江先生身形高大，穿戴起雪白的主厨高帽与衣服尤其好看。我们坐进计程车，回身看着夜色中站在餐厅门口挥手的老板夫妻，衬着他们背后那美丽的洋房、院落，感觉真像到老朋友家吃了一顿美味温馨的晚餐。

愉悦、惊艳、回味无穷——

虽然没有参与三星评鉴，然而新加坡的这间餐厅，却已然跃升为我心中的超级三星！

关于『运气』这回事

不圆满，

也许正是将来理直气壮旧地重游

的理由吧！

做了多年旅人，对于"运气"这回事，实在不得不甘拜下风。

别人去非洲三趟，始终与猎豹缘悭一面；我初次造访，便有幸近距离目睹猎豹英姿，甚至看到被那美丽的猛兽吃到一半的猎物，血肉淋漓，展示品似的被晾搭在一旁。

从前在书里也写过意大利的蓝洞——有人想出海，却因为天候不佳，小船禁止进入，于是败兴而返，什么也没看到。我呢？在日丽风和的天气里，看到蓝洞里的光影像块晶莹剔透的连城宝石，美得令人屏息。

然而，关于北极，我的运气可就没那么好了！

我曾在7月盛夏到过北极，虽是夏天，仍然天寒地冻。抵达时已下午，没什么可玩。早我们一天来此的旅客，正开心地检视着录影机

里的拍摄成果，我好奇地凑过去瞥了一眼，只见他们兴奋地嚷："北极熊！北极熊！"我没有半点艳羡，心里很是笃定地告诉自己：

"不急，不急，我明天一定看得比你们还过瘾！"

酒店旁只有两家餐厅，一间西餐，另一间则是日本料理。我草草吃了饭，便在无尽的永昼里拉上窗帘，上床休息。

第二天，天气不好，北极熊也杳无踪影。我难掩失望，无言地在半路上拾起一块长约 20 厘米的枯木——米白的颜色，一端隆起如丘，余则平整，乍看有点像我国古代的如意。细看它的纹路，层层复层层，缜密的线条压印着岁月的轨迹。它甚至无须清洗。我拿在手上，爱不忍释。想想看，此物实非等闲，它可是北极的漂流木啊！在我邂逅并将之拾起之前，它不知已在那一方天地间盘桓了多久，经受了多少永昼。

全球变暖，北极熊生活的大块浮冰愈来愈难找。据闻就连它们的主食——海豹幼兽，也在急剧减少……原来我根本不该如此笃定与无知，以为自己"随便"就能看到北极熊雪白厚实的身躯！这更加凸显了我在非洲的运气以及我与那酷热大地上的野生动物的难能缘分。

我第二次去北极，想看极光，所以挑了冬天。然而那个十月底，在我们停留在北极的那两日，北极光始终没有出现。不得已收整了行囊，往下一个目的地走。

我与女儿的班机在次日一早，其他朋友们则必须搭乘当天半夜的飞机。那一夜，当我们母女在酒店床上安然进入梦乡时，朋友们却在赶往机场的路途中，毫无预料地，见到了北极光！

据说，当时他们在车上，大叫大笑，指着美丽如帷幕的极光，开心得几乎要哭出来！早已放弃希望，以为缘悭一面的世间极景，就这样出现在眼前！

能说什么呢？除了运气还能有别的解释吗？我哑然失笑，只能在心底告诉自己——不圆满，也许正是将来理直气壮旧地重游的理由吧！

PART 2

非洲 · 缤纷

小小的幸福居所

在这原始且荒僻的国度，

吃饱才是生存的第一要务。

在非洲马赛族的价值观里，牛是最重要的资产。

重要到被视为嫁妆看待的牛，其实并不肥硕，胸腹之间的肋骨历历可数。白日里在空地野放的牛，每到日落，马赛人便万分珍视地将它们豢养在院子正中央。人住的简陋土屋在牛圈外围成一圈，其外再以枯树的枝丫交叉围设。如此双重防护，才能确保夜晚不会有猛兽偷袭牛群。

我们这群远从台湾来的旅人，被带进部落里参观。牛尿加上黄土，使得地面几乎是沼泥一片。土屋前后通风，终日熏烧着不知是炊饭抑或驱蚊的白烟。在我们这些城市乡巴佬眼中看来"不堪"的居住环境，马赛人却是很甘之如饴地世代传承着。

行前，我特意带了许多圆珠笔，肤浅地想着部落里小朋友读书写

字，这方便的文具应该是不错的礼物。等到亲眼见识马赛人的生活方式，这才醒觉，自以为是的给予有多么不切实际与可笑。文明的书写工具，半支也送不出去。

反倒是我本来为自己与同伴们准备的零嘴——小鱼干，让部落里的孩子眼睛发亮。

因为再三被过来人警告，非洲的饮食安危不可小觑，出国前我预先炒好了一大罐的小鱼干，想来肚子饿时，这富含蛋白质与钙质的美味，许是不错的点心。

当圆珠笔因为我的无知而羞赧地躲在包包里时，我手心里的小鱼干，却在意想不到的状态下，成了给孩子们最好的礼物。他们自动排成一列，不争不抢，不挤不闹，一个接一个，鱼贯地从我手中接下一小把一小把的小鱼干。黝黑的小脸因为吃到异国美食而闪动着晶亮的神采。食毕，个个笑出一口白牙，满脸幸福。

是啊！我幡然醒悟，在这原始且荒僻的国度，吃饱才是生存的第一要务。对这些日复一日，不断与野生动物上演物竞天择戏码的人们而言，有什么比吃饱、活下去更重要！

犹记得非洲之旅刚开始时，车子行经较为热闹的市区，透过车窗，我看到黄土地上立着一间间显然是新盖的小房子。因为很小，又实在密集，我遂脱口问：

"盖那么多公厕要做什么呀？"

经导游解释，才知自己失言。原来，那一间间狭似厕所的房舍，却是当地人能够住得起的上等好房。我立刻羞红了脸，为自己的无知感到内疚。可想而知，这一向以来，我是多么的娇生惯养，才会那么自以为是地对别人的文化妄下断语。

细看黄沙飞扬中的那些小屋，那些对当地人而言，已足称幸福的居所，我质问自己：

"到底是戴了一副怎样的眼镜，才会以俯角看人啊？"

旅行正是因此教育我，使我看见这地球上其他人的世界，使我成长并且谦卑。

原始与文明的冲突之美

仔细想想，
非洲之旅正是在极度的冲突条件下，
所以诱人。

在非洲旅行，我总会心甘情愿地调整自己的适应性。比如：野外上厕所不方便，早上出门前就尽量少喝水；害怕烈日灼身，防护工作就得想办法做足。我把自己包成足堪养蜂采蜜的模样：宽檐帽外罩大丝巾，里面再戴上口罩，只剩双眼微露。更别提那超高系数的防晒乳，我早早便擦了个滴水不漏。太阳镜、一双10元台币的棉质工作手套、长袖、长裤，外加好走的橡皮底球鞋……着装完毕，朋友们笑说我这副尊容像极了"蚵女"！

管他"蚵女"还是"蜂农"，无所谓，享受旅行、拓展视野的同时，我可不能把自己最引以为傲的美肤"献祭"给非洲大地。

吃在非洲，也许令人疑惧，但除了行前必须将如疟疾、黄热病等相关预防针悉数注射完毕之外，由于我们参加的是旅行团，全程除了两夜入住帐篷与树屋之外，其余都是在酒店。三餐皆是肉食资源丰富的 Buffet（自助餐），加之青菜、水果，营养也算均衡。

像我，大块肉少食一点，面包、蔬食多取用一些，业已足供一日所需。

水很重要，但我既非骆驼，素来又以小膀胱自知。是以我会将一日所需水量集中于晚上行程结束、返抵酒店后饮用。此时我才敢放心喝水（瓶装矿泉水）。否则，白日里为追逐动物，乘车在大草原上奔驰寻觅，若要强忍尿意，那可是既不健康又坏心情的蠢事。

至于帐篷与树屋，并不若字面看来那么原始，反而算得上方便、干净。你大概很难想象这两种居处都有设置抽水马桶吧。此乃因大英帝国在非洲狩猎的历史十分悠远，凡事重礼节、讲究场面的英国人，当然早早便将便利的民生设施，尽其所能地移植到了这原始大地上的落脚处来。

仔细想想，非洲之旅正是在极度的冲突条件下，所以诱人。旅人们既然想以眼、以心，贪婪地涉猎这地球上少见甚或绝无仅有的自然万物之美，就必得放下寻常时日里，惯于享用但往往不知珍惜的事物。

当一件平常你已习惯到成为反射动作的事（比如按下抽水马桶），在非洲草原上变得几近荒谬时，你就会知道，人生其实多么该感恩啊！

惊奇优美的草原王者

物竞天择，人类既是其中一环，

就得学会心存谦卑，师习万物。

艳阳炙射，大地像个铁盘似的，不遗余力地蒸烤着其上万物。青草混着泥土的淡淡腥膻，裹覆着走兽们的毛皮与足迹，在高温里翻滚蒸腾着。

我就在这片原始且野性的非洲草原上，接到妹妹远从台湾打来的电话。

"怎么样？有没有看到很多动物？"拜现代科技之赐，妹妹的声音清晰如在咫尺，我甚至能想象她正享受着冷气的舒服样。

"多啦！"我说，"就在刚刚，斑马满'街'跑啊！"

妹妹喜爱动物，尤其是斑马。她在电话那头兴奋难抑地叫起来，羡慕极了。我总算稍稍平抚了烈阳下与不停涂抹的防晒乳一同堆叠的燥热难耐。

我们一行十二人，分乘两部吉普车，在草原上汲汲寻访野生动物的身影。开车的都是当地的马赛人。他们的眼力极好，加之经验导航，并以对讲机互相通报。还有其他游客所乘的吉普车，也在互通声息的网络中。只听得两台车上惊呼声此起彼落……岂止斑马

满街跑，还有长颈鹿施施然行过，而我们运气好到连猎豹都见着了。

本来以为猎豹应该很远的我，一迳拿望远镜朝远处梭寻着，殊不知它其实离我们很近！当大伙惊呼起来时，我还急急切切地嚷："在哪里？在哪里？"

它就站在草原隆起的蚁丘上，睥睨昂藏。对照起那些群体行动的动物，成年后便独行的豹，尤其显得孤高难驯。它的身形、毛皮以及眼鼻间特有的黑色"眼线"，使其即便是静立，亦自有帝王之姿。它奔跑起来，每一步的跃动，那从肩胛到髋骨到足趾的线条，真真只有"优美""惊奇"可以形容！

我们甚至看到蛰伏于树梢枝丫间的豹。透过望远镜，清楚见其身旁披挂着吃了一半的猎物，敞开的骨肉间兀自滴淌着红艳艳的鲜血……那一幕，不会令人觉得恶心，反而让人更加知晓自然万物不可小觑轻忽。

物竞天择，人类既是其中一环，就得学会心存谦卑，师习万物。

野生动物的世界里，只求如何强壮、如何存活。比如狮群，母狮负责打猎，公狮则职司保护。我们在马萨伊马拉见过几次狮踪，大伙循例又是一阵惊呼，然后快门咔嚓咔嚓响个不停。

当狮群从车队前经过时，你真的只能默声目送这草原上的王者家族，心里的激动混杂着敬意，久久难平……

眼看狮群过去了，大伙正要开始说话，我隐隐觉得有个细小的声音，便说：

"嘘，走秀还没完呢！"

不一会儿，只见三只母狮口中各叼着一只小狮，从车子右前方的草丛中走出来，迈着一式缓慢却强有力的步伐，经过我们眼前，然后又消失在左前方草丛中。

"你们运气未免太好了吧！"听闻我们经历的朋友，莫不这么艳羡着。

都说到非洲看动物得碰运气，有人连去三回，始终与美丽傲世的猎豹缘悭一面。而我们，却独享飞禽走兽的绝妙舞姿。真是，得老天厚爱，不骄傲也难啊！

天光乍现时，升空！

成群渡河的瞪羚，在湍湍急流中
履践着逐水草而居的生存法则。

从被窝里被叫起来的时候，我真有种前一秒才刚睡着的错觉。万分不情愿地看看酒店床头的电子钟：凌晨 4 点！

我与朋友们在非洲为了乘热气球，这一天得摸黑起床，好赶在天亮气温上升之前，飞上天！

非洲草原的日夜温差不是普通大。黑夜与黎明交界时分的青黄不接，更是冷冽。跨进吉普车前，我抬眼看了看，几颗恋恋不舍的星星犹在天边闪烁着。大多数的飞禽走兽还在梦寐中吧，我想。

好吧，既然特地要从高空俯瞰动物，当然得比它们早起咯。

以前从照片或影片上看，总觉得热气球小巧玲珑。到了现场才知，此件浪漫的飞行工具，实则十分巨大。一只气球，已足够乘载我们十几个人！

　　更有趣且令人想象不到的是，所谓热气球的吊篮，其实很高。我们是从放倒的篮口，依序爬进去的。待大家都扶稳且站定了，工作人员才将篮子扶正，准备"起飞"。

　　升空前的每一步都攸关安危。只见我们这只气球的白人船长神情严肃专注，谨小慎微，弄得我们也不敢嬉闹谈笑，只得紧紧盯住工作人员的一举一动。空气中隐隐晃漾着既兴奋又紧张的情绪……

　　点火、升空！

　　工作人员在地面上向我们挥着手，然后愈变愈小……

　　据闻热气球在天空翱翔的高度，刚好超越了人类恐高的极限。也就是说，当热气球爬升到一个定点，平稳且缓慢地在空中移动时，就算你俯视眼下大地，也不会感到惊惧不安。

　　天亮了，站在中间操控气球的船长，紧绷的神色早不见了。他开始谈笑风生，向我们介绍脚下在晨曦薄光中现身的动物们。

　　我们看到成群渡河的瞪羚，在湍湍急流中履践着逐水草而居的生存法则。水花四溅，体弱不济的或不慎失蹄的，只得任凭急流吞噬。至于安然渡河者，上了岸，抖甩掉身上的河水，就漠然跟着队伍走了。

　　残酷吗？大自然本是如此。适者生存，不适者淘汰，对万物而言，莫不是"有牺牲，才有前进"。取舍平衡之际，换得物种的延续。

　　飞行间，天光益发透亮，愈来愈多的动物在非洲大地上现身。长颈鹿引颈慢食着它的树叶早餐，狒狒互相抓搔着身上的"寄居客"，斑马群蹄奔腾……

　　我们简直像在高空，以俯角欣赏躺放于草原的无限大电视荧幕，播映着动物星球频道，还是 3D 版。

　　然而惊喜不止于此。当我们缓缓下降时，从空中往下看，降落点四周停置了许多吉普车，护围出一大片空地。空地上摆放了长长一列餐桌，雪白的台布上，正中铺设一条红色旗巾。餐盘、刀叉、酒杯，已然各就各位。厨师们正忙着烹煮着我们的早餐……

　　远远的角落里伫着两支硕大的雨伞，用以遮蔽，好让人可以如厕。

　　此时已是全然的白昼，我们安然由空中返回大地。在明亮却不溽热的晨光中，享用火腿、吐司、煎蛋、茶、柳橙汁等再寻常不过的西式早餐，却因身处非洲草原，想想多少野生动物就在同一片大地上，真真浪漫至极。

　　这一趟热气球之旅，一人要价 400 美元（合人民币约 2500 元），的确消费高昂。但论经验之难得、高空眼界之开阔，论人生乐活——我只能说，实在值得！

树屋一夜

我仍是我，仍然一介百姓，
仍然尽享平凡的自由。

2012 年，适逢英国女王伊丽莎白二世登基 60 周年。报章上刊载着女王 26 岁时初即位的照片。彼时她芳华正盛，身披皇袍，头顶华冠，年轻的眸子温柔却也坚毅。我不由得想到那则关于女王登基的故事。

据闻，当年伊丽莎白本来正在非洲行访，落脚于树屋。不想父亲英王突然驾崩，公主随即即位。于是，"进树屋时是公主，出树屋时已是女王"的戏剧性转变，此后便为人津津乐道着。

而我呢，小小一介庶民，借旅游之便，遂也曾在旅行非洲时住进了树屋。而且，正是"黄袍加身"的那一间！

树屋间架设着稳固的木桥，行进间别有一番野趣。而高度果然带来不可思议的安全心态，明明距地面没多远，却只因为脱离地表，那种可以在制高点观望一切的人类优越感便油然而生。

转念想想，其实挺耐人寻味。谁知道蛰伏于周围的野生动物们，是不是在用一种调侃嘲讽的眼光，看着我们这些自以为了不起的、在高处走来走去的"美食"呢？

树屋前有个硕大几近无边的池塘，天然抑或人工而成，不可考。托此方塘之福，别说天光云影了，几乎二十四小时都有不同的动物为了水源至此盘桓徘徊。我就在睡不安稳的半夜，见过十数只水牛与瞪羚来塘边饮水。昏昧的月夜暗影中，动物们群聚喝水的声音分外清晰。

那景象，恰似一夜在马萨伊马拉河畔的酒店里，我也是受了某种奇异声响的吸引，循声走到窗边，惊见约50只以上的河马群集在河畔……

想来，非洲原野上，万籁并不俱寂。

次日清晨，自树屋中走出，伸个懒腰，对自己莞尔一笑。树屋一夜，公主变女王；而我仍是我，仍然一介百姓，仍然尽享平凡的自由。比起生来便须忧国忧民的女王陛下，我委实幸福难喻。

树屋以外，我还曾在非洲草原上住过帐篷。为保障旅人的安全，帐篷周围不但架设着铁丝网，还有当地壮汉荷枪实弹的巡逻。草原上日夜温差很大，夜里帐篷冷得像过冬一样，所以床上都给发了热水袋。铁片做的，有个简单的布套。我在其外又加包了一层毛巾，然后才放进被窝内，保暖效果倒是不差。

只是夜宿帐篷，又是在群兽环伺的非洲草原，到底难眠。我煎鱼似的在床上翻腾了一夜，终是耐不住，一大清早就起来了。

往帐篷外一探，天似乎还没全亮，渐渐地太阳现出全身，周围景致实在很美，美到我不忍出声。

我看到一只鸟，一只足足有半人大的鸟。粉红色的羽毛，鲜黄色的鸟喙，在晨曦中静立……

它一动也不动，我揉揉其实并不惺忪的双眼，几乎要以为那是假的了。然后它倏地抖振了一下丰厚的羽翅，转动了一下头颈。我这才确认，它是真鸟！

太美、太诡异。这晨光中的邂逅——与一只即便野生鸟兽图鉴也不见得可以查考的非洲娇客，在这片曾经属于英国女王的土地上得缘一见。

或者，我应该说，非洲大地从来不曾真正属于谁，动物们才是这美丽且残酷的大地永远的主人。人类啊，全是来做客的！

当年自树屋中步出，以年轻女王之姿接受万民拥戴的伊丽莎白，而今高龄 86 岁，冠冕下的华发掩藏多少皇室沧桑！而动物世界不变的厮杀、捕猎、迁徙、传承……月升月落，我想知道的是：

究竟哪一边的世界比较快乐？

温习满眼的斑斓

关于色彩的记忆，

无疑正是非洲之旅的复习。

一张木头三脚凳摆在我卧房角落，三五年了。

说是角落，却是正对房门口，视线上最醒目的位置。有时在书房与朋友喝茶，卧室门没关，总有人会注意到那张脚凳，我便取来让人细看，顺道再说一次它的来处。

"非洲买的，"我说，"所以很非洲。"

座面是一张深茶色野牛皮，三只粗短的脚则被做成斑马足，黑白的纹理十分逼真，配上毛色沉潜的牛皮，不觉粗霸，却极富野趣。

这样一件地方色彩浓烈的艺术品，真要人猜度它的来处，十有八九是不会猜错的吧。

就像我在马赛族的村落外，那几乎称不上市集的摊位上，购买的串珠项链：红、黄、蓝、黑、白，一圈又一圈，细小的珠子密密层层，

毫不遮饰的原色，堆在一处出现，已不是"大胆"可以形容！

而我，受了非洲烈阳的蛊惑，一口气买了好几条。想不到回来却是无处施展……就连搭配黑毛衣、白衬衫都似嫌太过。我只得收进盒子里，想起时，再把那满眼的斑斓拿出来温习一番。

事实上，关于色彩的记忆，无疑正是非洲之旅的复习。

难忘初见肯尼亚的红鹤群时，因为先是自远处不经意的一瞥，霎时间竟误以为那是一条围绕着湖泊的粉红色缎带。待周围众人惊呼："红鹤耶！那是红鹤！"我睁大眼定神细瞧，嘴边竟不由自主进出：

"开什么玩笑！"这样的自语来。

数量多到令我错觉是环湖缎带的红鹤群，真真应了"数大便是美"这句话。红鹤爱吃一种红色的藻类，因此成就一身渐增的亮粉红。众鸟

69

群集时，更加美艳绝伦！

它们一面在湖中饱食红藻，一面还得留意天敌狒狒。有时毫无预警的，倏忽群翅振起，粉色的羽翼如红云般遮去大半天空！那种视觉上的震撼，久难平复……

因为实在太美，次日我们遂又回到湖边，只为再复习一次那见过便难忘的美景。

另有一种大红，代表生存权。马赛人穿着红色衣物的目的，是为吓阻狮子等猛兽，意谓："这是持有长矛的人类，滚开！"

我们也去看了受人豢养的犀牛。走进围栏内，脚下的厚底橡胶靴便陷入苦战，完全不敌那湿泞黏腻的泥土。它们一大块一大块地嵌进靴底的缝隙中，恰似犀牛身上深如刀镌的肌理纹路，是一种受囚困且寂寞的、挥之不去的褐黑色！

我们终究未能免俗地搭扶着犀牛的脊背，各自与它拍了合照。

就这样，五颜六色、七彩缤纷，都在非洲这片看似荒芜的土地上绽放着。温习颜色，便温习了我的非洲之旅。

史上最有价值的飞行

看到大家这么开心，

我比隐藏惊喜时还要快乐好几倍。

周游世界各地，搭飞机自然是再家常不过的事。但在非洲，却有两次特别的经验值得在我来来去去的飞行里程中，注记留念。

一回是在内罗毕机场，我们一群人准备搭机返台。朋友 B 咕哝着说到非洲不买咖啡豆太可惜，何况机场旁卖的肯尼亚咖啡豆，一包才10 美元。于是大伙办好手续，登机证都拿到手了，同行的两位友人，趁着时间还充裕，便好整以暇地逛起机场外的店家，买起咖啡豆来。

他们买得十分过瘾，然后在登机时间前抵达了登机口。此时，莫名所以的事情发生了。

航空公司的工作人员铁青着脸将他们给拦了下来。

"你们不能登机！"对方说，"我们已经客满了。"

"为什么？"朋友惊诧得目瞪口呆，他看看手上的登机证，"我已经 Check in（办理乘机手续）了，为什么不能登机？"

"这班机已经满了，你们可以搭明天的班机。"对方居然这样建议。

"我的行李、朋友，全在这班飞机上啊，我要怎么多留一晚？你是在开玩笑吗？"英文流利的朋友气得脸都绿了。

读者诸君，您没看错。这事千真万确地发生在我朋友身上。明明手续都办妥了，却在登机口被以客满为由挡驾。内罗毕机场行政效率之差，可见一斑。

此事的结局如下：一阵喧腾之后，正在机舱里看书的我，见到这个要买咖啡豆的朋友，趾高气扬地走进来。

"我升等啦！"他说，朝我扬了扬手上的登机证，"吵出来的！"

然后，他跟我说了上面那个不可思议的故事。

还有一回，我们一大群人预计次日要从马萨伊马拉往回走，好至内罗毕搭机回台湾。要回家很令人兴奋，但大伙一想到那一路上的颠簸窒碍，沙尘蔽脸……将近一天的车程，那一整车不年轻的骨头，怕不都要给折腾散了。

正在苦恼的当口儿，我无意间瞥见一架小飞机停在空地上。我灵光一闪，遂请身边英文流利的朋友陪我到柜台问问。

"请问这飞机载人吗？"我们问。

"当然。"柜台的小姐说。

"到内罗毕的话，一个人要多少钱？"

"130 美元。"还好，不是很贵。

"那……这飞机可以载多少人？"愈来愈有希望了。

"连驾驶在内，十四人。"小姐一答，我心想，根本就是天意。我们一行人，不多不少，刚好十三个，事情还能更恰如其分吗？

于是，我自作主张，替公司同仁包下了那架小飞机，因此还获得些折扣。约好第二天登机时间，朋友与我不动声色地回到住宿处，半点口风也没露。

次日一早，大伙满面疲惫地搬着行李，想必是那即将展开的舟车劳顿让人难展笑颜。我按捺着小孩儿般的调皮心情，等把大家带到了停机坪，才开心宣布：

"今天，我们不坐车了。"我笑，"我们要坐飞机。"

"飞机？"众人一脸狐疑。

"没错，"我指指昨天那架小飞机，"昨天被我们包下来了！"

团员们先是一愣，接着爆出一阵欢呼。看到大家这么开心，我比隐藏惊喜时还要快乐好几倍。

吉普车换成小飞机，十数小时的折腾颠簸换成快速平稳的空中飞行……当我们平安抵达内罗毕时，距离从马萨伊马拉出发，只花了一小时！

平白多出的十几个钟头，我遂利用来在机场旁的旅馆盥洗，甚至小睡了一觉，然后舒舒服服、神清气爽地登机。想到为自己及大家省下的时间与精力，这一趟马萨伊马拉到内罗毕的包机之旅，真是史上最有价值也最划算的飞行里程了。

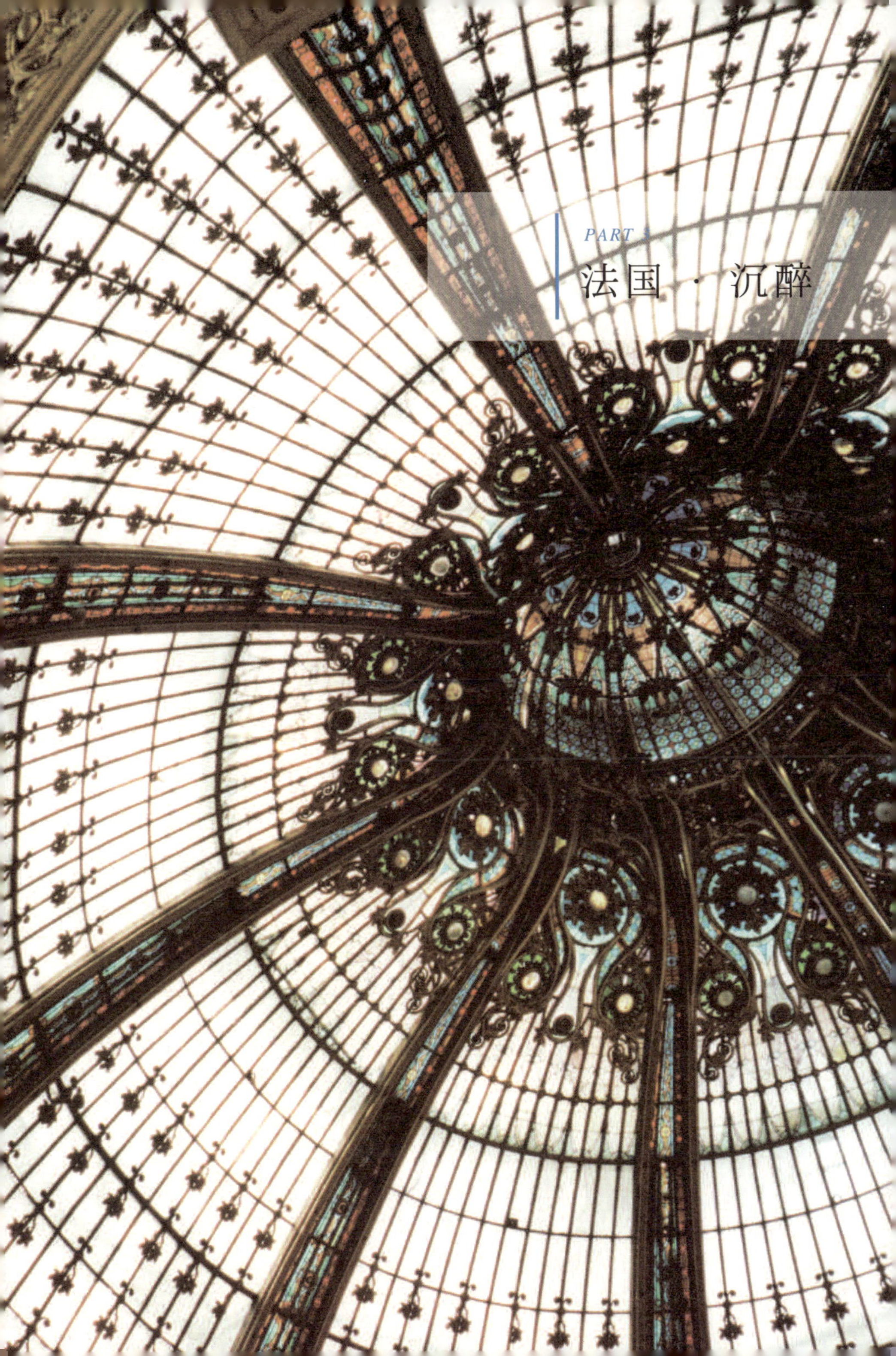

PART 3

法国 · 沉醉

穿着不需要信仰

她们都是自己原创的名牌。

　　我的个子娇小，在高人辈出的美国、加拿大很难买衣服。但到了法国、日本，简直如鱼得水，衣服买来几乎连改都不用改，直接就能上身。

　　对于名牌，我没有任何信仰。能够与之相得益彰的衣物，我才愿意奉上荷包。名牌的剪裁、质感、做工自是不在话下，但若不适合自己，就算一件衣服六七位数，也只是弄得两败俱伤，走出去还得强暴路人视觉，何苦来哉？

　　法国女人的善于穿衣，举世闻名。"穿得好法国"等同于"你真会穿衣服"。若听到有人这么称赞你，真可以当作世界小姐的荣誉彩带般，整天配在身上。

　　耐人寻味的是，法国乃名牌尽出之地，但走在巴黎街头，却少见花都女子为任何名牌捆手缚脚。她们不分老少，无论燕瘦环肥，几乎

个个有型有款。你看不到哪个女人拿自己身体为名牌作嫁，却又活脱每个都似橱窗走出来的——各式各样的赏心悦目。

因为，她们都是自己原创的名牌。

随便一条围巾，冬天可能是克什米尔，抑或安哥拉兔毛、粗花线编织款……层层缠绕，或者率性披搭在肩头。春天也许来条丝质或麻质围巾，既为衣着增色，又能御寒。总之，我看巴黎女人的穿衣修为，真真浑然天成，手到擒来。

其实巴黎女人并不见得特别美，但她们就是有一种其他欧洲女子所难以企及的气质与风韵。那种从小到大因为环境熏陶而成就的"国民美学"，不是法国人的我们，只有既妒又羡地在一旁眼红着。

有回我在上海的恒隆广场逛街，突然有个外国记者跑来，说是某家时尚杂志，透过翻译问我可不可以接受采访。我因为被西方传媒"看上"了，颇为虚荣，加上对方问的是对当地人衣着美学的看法，所以我便发表了些自己的浅见。

对大部分当地人而言，美学最多是表现在对时尚的追求，名牌经常只是用来炫富的工具。有些人干脆用钱买时尚，至少有质量保证。问题是，一件几十万名牌也许远不及两百元的平价衣服适合你。我们从小到大，最欠缺的就是培养与训练。培养对美感的认知，训练辨认什么适合自己、能衬托自己。

为什么我们与法国女人的穿衣品味落差这么大？听完我在书上说三道四，不如就阖上你的衣柜，去巴黎看看吧！等你在巴黎街头亲眼见识了法国女人都穿戴些什么，想必就会心知肚明了。

永不烦腻的欣赏

事物之所以美好

往往正因为其有所不足。

　　我喜欢巴黎，去了不下十次。但令朋友们百思不解的是，我几乎次次都到各美术馆报到。

　　卢浮宫、奥赛美术馆、蓬皮杜艺术中心，我就是不能忍受入宝山空手而回的遗憾。就算没有什么特别名目的展览，我依然像被制约了一般，只要踏进巴黎，不去朝圣不能心安！

　　一张名画，看十遍都不够。何况随着年岁增长、世事更迭，同一幅画面三年前给我的感受，可能迥异于三年后。对于作者的心声，我也可能次次有不同的解读。画布上一抹蓝，上回看像是寂寞，此番却愈觉是豁达开通。

　　自己欣赏与专人导览，又是大不相同。导览人员本身的素质优劣、话语流利与否，都会影响你的旅程质量。最怕那种满腹经纶，却半天讲不出所以然者。可惜了他的学问，也可惜了我的钱。

在巴黎，请一个美术馆导览很贵。但如果同伴多几个人，大家分摊下来也还算合理。而且时间无须太长，依我的经验两小时刚刚好。一方面专注力有限，加上旅途劳顿或时差未退，与其听得懵懵懂懂抑或浑浑噩噩，还不如好好细读几张传世名作，让巴黎在你心中留下点什么。谁说馆藏一定得悉数看尽？事物之所以美好往往正因为其有所不足。没看完？下次正好理直气壮旧地重游。

我们每次请的导览大多不同，除非遇上特别好的。像我今年 10 月到奥赛，导览小姐是台湾去的留学生。她本来念考古学，到了巴黎改学西洋艺术，后来嫁给法国人。听她介绍一张画，不是只看到原作而已，还有想象、有情感，有导览者对这份不是只求温饱的工作的喜爱与热情。当她讲述一幅画作时，眉飞色舞、意气风发的模样，委实动人。

此外，我逛游美术馆还有个小"嗜好"：我不只欣赏作品，我也欣赏人。

我欣赏那些看似学生模样的青年，专注地在马蒂斯作品前临摹；欣赏那些衣着优雅的绅士淑女，在宏伟寂静的厅堂中，低语着我听不懂的异国语汇……

而今年 10 月，我甚至有幸欣赏到一群法国幼儿园的小朋友，被老师们带领着，参观蓬皮杜艺术中心。20 多名幼童，6 位老师。我悄悄跟在后面，也当起小朋友来。

　　只见孩子们安静地在画作前席地而坐，而老师竟然以唱歌取代讲解，并且边唱边跳，让孩童们透过浅显易懂的唱游方式，领受画作的含意。别说是小朋友，连不懂法文的我都看得不忍眨眼。

　　我实在又妒又羡，想想这群小法国人，那么年幼，却已经浸淫在如许丰厚的美学环境里。法国女人浑然天成的美丽概念，原来始自起跑点。

　　哪像我们，真的输远了！再不知长进，土妈妈永远只能教养出土小孩啊！

不容许少玩的
旅行哲学

我嗜玩，一趟旅行可以不买、
可以少吃，就是不容许少玩。

对于喜欢旅行的人来说，每个人大抵都有一套哲学。有人嗜美食，永远把吃摆第一；有人嗜购物，因此走到哪儿买到哪儿；至于我，无视年岁增长，始终游兴不减，所以，我嗜玩，一趟旅行可以不买、可以少吃，就是不容许少玩。

10 月初去巴黎，秋意瑟瑟，我与亲友们在言语不通的法国，幸得当地友人孙先生的陪伴，四个人造访中世纪古镇 Provins（普罗万）。

孙先生北京大学毕业，本来在非洲做翻译，后移居巴黎，一边工作，一边就读西洋文学研究所。他法语流利，口才便给，每到一处总能说出点什么引人入胜的史地逸闻来。很多景致、风土，自己默默赏玩是一回事，有个熟门熟路的旅伴指点，就能玩出一番"见山不是山"的意境来。

Provins 古镇距离巴黎并不近，开车要花两小时。我们 10 点出发，抵达时约莫 12 点多。浓荫幽幽的小径，每一条都好美，而且餐厅很多。其中有一家，栖身在大树下，又有阴凉的院落，看来实在不错。想不到孙先生竟说认识，于是我们先订了位，再好整以暇进城游历。

我不是那种动辄大发思古幽情的人，但不知怎的，只要一踏上古城或古堡，我就会像登陆月球的阿姆斯特朗一样，非得说出那一百零一句名言才算数。我装模作样地站在那用一块块大石板拼出的马车道上，对自己也对友伴说："此刻的我，正是踩在现代，走过历史啊！"每每这仪式性的句子一出，脚下那条曾经响彻嗒嗒马蹄的古道，就会让人更想一探究竟。

　　既来之，则玩之。小小一座 Provins 古镇，我们几乎踏遍每一处古迹。再高的钟楼，我也兴致盎然地爬上去远眺一番。只要体力允许，我可不想只是站在砖墙下嚷嚷，那样未免太对不起一路的舟车劳顿。

　　游逛完古堡，汗水里尽是认真玩乐的成就感。我们回到那间餐厅，我爱的气泡水一送上来，咕嘟嘟灌下一大口，真是如逢甘露，过瘾极了！

　　老板娘是个朴素的中年法国女子。她脂粉未施，穿着也毫不起眼，但每个动作、每个笑容，给我的感觉都是优雅的美。

　　主餐前上来了面包还有橄榄，面包一入口，我就知道这家餐厅错不了。后来的生腌火腿更是让我们大为惊艳。我以为是当地特产，想不到竟远从意大利托斯卡尼而来。当下恳请老板娘让售些给我，好让我带回巴黎解馋。她细心地包裹，一片肉一片防油纸，外加一层保鲜膜，而且算了我非常便宜的价钱，我简直连心也吃饱了。

　　这是古城里的现代温情，佐以美食，相得益彰。

所谓的完美旅程

我学会用不同"角度"，

看待旅程中所谓的"缺憾"。

旅程中，什么样的情况叫作"完美"？

吃好、住好、天气好，想看的都看到，想买的没漏掉……是这样吗？

我也曾经满足于如是的旅行。翻看相簿、检视血拼成果，一段时日后细想起来，整个过程像是在"完成"，不太像在"享受"。

后来的我慢慢变得不一样：一早起来，我学会对着旅馆窗外阴霾的天气微笑，想这城市若在雨中会是如何一番风情。

于是，尽管绵绵细雨忽下忽停，我未减游兴，还因此有了一张雨天撑着红伞，在里昂的 PAUL 面包店前手舞足蹈的照片，笑得比任何一个艳阳天都自然！

计划中的名店人满为患，我索性与朋友逛进周边小巷。好几次因为这样，反而发现几间特别且饶富趣味的小店，或者因此买下只要名品价格的十分之一，却保证全世界只此一件的个性单品。

我学会用不同"角度"看待旅程中所谓的"缺憾"。

在法国游赏古城，游人如织，城内广场有驯鹰人的放鹰表演。学生、大人、小孩，大家挤成一堆，兴奋地引颈期盼。我个子小，就算踮起脚尖，卖力扒住旁人肩膀，恐怕还是连老鹰的一片羽毛也见不着。

所以我灵机一动，怂恿朋友们往城外走。大伙本来半信半疑，怎么表演还没开始，我们却要"退场"？等来到古城外，在土丘上站定了，刚巧听到城内众人一阵喝彩！只见老鹰从城墙内飞起，直冲九霄。城外的我们，清清楚楚见到它的雄姿英发。而且，少了古城内那种充斥着现代游客的荒诞感，站在城墙外，隔着一段距离回首，没有人声笑语，反而更有"前不见古人，后不见来者"的苍凉孤傲，气氛满点。

我因此想，旅行中所谓美景的赏玩，不一定非得身处其中。有些惊喜，混入美景中的我们，可能因为视觉死角或心灵盲点而无缘见识。抽身出来，在美景之外，说不定能见人所未见、闻人所未闻呢。

旅游书上的必游景点，人人口耳相传的几大胜景，想当然有其炫目之处。但我更不想错过的，是其他看似寻常的景致……在南法乡间小店用餐，上洗手间得行经一处院落。那里的树啊，花啊，名不见经传，却美得让人心旷神怡。我经过时，用一种调皮的心情"偷窥"了好几眼，满心欢喜。这一整天，比起造访了多处名胜，抑或血拼了几家名店，更让我觉得是趟"享受"的旅行。

这回至 Provins 古镇游览，回程不巧遇上法国铁路大罢工，我们的车因此塞在公路上。我百无聊赖，打起盹来，结果一路停停走走回到巴黎，我已然饱眠一顿，胃口大开。巴黎的友人带我们上了一家日本馆子。没订位，只剩吧台座，但那一餐吃得真是愉悦。只花了 1000元台币，享用了拉面、鳗鱼饭。我甚至分食了平常绝口不碰的炸物。美味，满足。

这样的旅程，对我来说，堪称"完美"！

星级的美食飨宴

在旅程中，省钱上高级餐厅，

也是一种训练与熏陶。

法国，就像我们一样，以美食驰名。到法国旅行，不碰美食，未免太对不起自己。

尤其，他们又有引以为傲的"米其林餐厅评鉴"这种东西。

关于吃，台湾人可不是等闲之辈。职是之故，我的理论是，去了巴黎，你可以住省一点、买少一点，攒些银两，上一家米其林餐厅。当犒赏自己也好，当开开眼界也行，总之就是见识一下法国人的美食文化。

我自己去过两家米其林三星餐厅，都位于巴黎的酒店里。

盛夏时分，巴黎人几乎都出城度假去了。没钱出去的，也开玩笑说得想尽办法把自己晒黑，免得被人取笑。而我们这些就怕自己不够白的观光客，刚好趁此在连停车都变得容易许多的巴黎城里，充充有钱佬，上高级餐厅当老饕。

那天我们被安排在庭院的座位。才刚落座，我就发现《卧虎藏龙》的女侠杨紫琼与她的友人们坐在不远处。

这真是此间米其林三星餐厅令人惊喜的"附加价值"，鼎鼎大名的国际巨星竟然近在咫尺。瞧我多么好运，三星立时又多了一"星"！

打开 Menu（菜单），午间套餐有两种价格：一种 220 欧元，另一种 85 欧元。我与朋友都点了后者。此外我们还附庸风雅地叫了一杯酒（三个人里有两个不会喝，所以意思意思大家分享一杯）。

窗外有花、有草，绿意盈盈。加之旅馆的窗户、雪白的台布、巴黎的空气、人的质感、侍者们走路的姿态、上菜的训练有素——在同桌客人面前，同时放下盘子，同时掀开盖子，整齐划一，却又有温柔

无比的韵律感。

每一道菜之间，都有一道小口美食，用以让客人清口，使菜肴间的味道不致彼此混淆。

如果将美食譬喻成一首交响乐曲，那么从前菜的那一小汤匙开始，这间餐厅呈现的，绝对是清楚的前奏、间奏、主乐章，层次分明，引人入胜。好比我点的主菜鲑鱼，里面没有过熟，软嫩至极，一旁的蘸料又调配得恰如其分。席间我们看到杨紫琼那桌上了龙虾，于是我们心照不宣地对看一眼，笑说：

"他们绝对是点了 220 欧元一客的！"

尤其令人惊喜的是，餐后侍者竟推来了满是糖果的推车，让你选择。

棉花糖、太妃糖，还有一种类似龙须酥的糖果，一拉开满是糖丝，需要侍者从中剪开，充满情趣。

　　啜口热茶，那真是完美的终章。

　　至于另一次旅行中去过的另一家三星餐厅，就暂且表过不提了。因为从头至尾毫无层次，口感除了"浓稠"，别无其他。牛排浓、苹果派浓，服务态度反而十分"清淡"。可以想见，它在我心中，是绝对称不上三星的。

　　在旅程中，省钱上高级餐厅，也是一种训练与熏陶。训练味觉、嗅觉、视觉。熏陶品味与鉴赏力——对人、对文化涵养，也对生活氛围。看看吃完这一餐，能不能过一种三星的生活。

古城阿尔的迷人内涵

想要当个观画者的心情，

竟远远超过欲成为画中人的渴望。

南法河轮的旅程中，美景无数，但若细究起来，最令我印象深刻的，恐怕非古城阿尔莫属了。

世界未曾游遍，我不敢也不能妄下诳语。不过，当玩赏的古城累积到一定数量，我发现，所谓古城，大抵都是以"内涵"取胜。

说真的，单凭外表，你很难想象那些厚重坚固的石墙究竟围住了什么。从南法到意大利，每一座固若金汤的城池从外观看来都差不多。几乎一式的城垛、石砖、仰之弥高的城门……

10 月初的南法，艳阳依旧扎眼。我们从河轮停靠的岸边，一路步行至阿尔，约莫走了 15 分钟，方才"兵"临城下。我早已像只熟透的虾子一般，既红且热。

　　为了抄近路，我们从城的边门入内。也不过一墙之隔，城内却已然是另一个世界。

　　只见漂亮雅致的咖啡馆，林立在绿荫葱茏的小路旁。人声笑语，咖啡香四溢，更别提我的最爱——古董店，透过优雅净亮的窗户，殷殷地向我招着手。

　　为了顾及白日里一连串的参观行程，每进古董店必不可能空手而返的我，自作聪明地对朋友们说：

　　"现在进去的话，待会提着大包小包就别想走动了。还是先去玩，晚点回来再逛个过瘾。"

殊不知，一失"言"成千古恨。等我们看了凡·高治病的精神疗养院，看了名画咖啡馆的实景，在当年凡·高的眼中世界伫留良久后，再回首，我亲爱的古董店啊，已然关门！

不得其门而入的心情，有点啼笑皆非。透过窗棂，隐约可见的那些古董，似乎正嘈嘈切切地私语着：

"这家伙，可省了一大笔钱哪。"

入夜后的古城尤其美丽。斑驳的石墙隐隐透着年深岁久的黄光；加之白日里过热的温度，因为夜风轻拂而沉降了下来。整座城在灯光的抚触下，如梦似幻，更现思古之幽情！

我始终没有进咖啡馆一坐。那一日，从白天到晚上，想要当个观画者的心情，竟远远超过欲成为画中人的渴望。

于是，我们趁着习习凉风，散步回到港边。

夜色如水，由静泊的河轮上，回身远眺阿尔城，灯影迷离……真真古今无界，美不胜收啊！

传奇的大师，
寂寞的灵魂

也许天纵英才，所以注定寂寞；
也许才华横溢，难免情感超载。

我天资驽钝，又是有了一番年纪才开始习画，之于我，凡·高无疑是个天才。

他的不得志，举世皆知；他的疯狂，人们耳熟能详。他在世时只勉强卖出两幅画作，而今其真迹在拍卖会上喊价动辄上亿美金。一生孑然、没有子嗣的凡·高，自己的潦倒与孤独不提，身后的连城财富，亦没有加惠于任何血脉。

这一味，怎一个"寂寞"了得！

南法古城阿尔完全受惠于凡·高的光环。大师的熠熠光辉，在他生前足迹所至之处，如洒落于砖瓦间的金沙般闪耀着。

从疗养院到咖啡馆、从床褥被褥到桌椅杯盘，当我们亲临现场，亲眼见到与凡·高名作中一模一样的景物时，内心的悸动，真非笔墨可以形容。

除了悸动，我的心中还多了一分醇厚、扎实的幸福感。

也许天纵英才，所以注定寂寞；也许才华横溢，难免情感超载。以前看凡·高，佩服多过感动，敬重多过怜惜。对于这样一位传世巨擘，我们多半视他为"传奇"。然而当他画作中的一景一物，就在眼前触手可及之处，我霎时间突然思及：那穷困失意的一生，除却画画，大师凡·高其实也只是个寂寞不堪的灵魂而已！

那只脆弱的耳朵，究竟是为了自己迷恋的妓女而献祭，抑或为了反目的好友高更而扬弃……真正的答案，恐怕连疯溃的凡·高本人也无法明确回答吧。

所以，平庸如我，可以习画；可以在凡·高逝世 120 周年时，至画中实境旅游；可以从头到尾保持画外之人的宁静、无涉，在南法的骄阳下，恣意与三五好友享用奢侈的友情……

生而为人，且为一介平凡素人，有时，是一种连天才也要妒羡的幸福啊！

到巴黎挖宝去

我喜欢在逛街时，

不经意地与旧时光邂逅。

　　如果你跟我一样，喜欢老东西、旧玩意儿，那么，我愿意不藏私地泄漏"私房"挖宝地——巴黎。

　　我对旧时物件的喜爱，是早从年轻时候就埋下的浪漫种子。随着年岁增长，这份喜好益发茁壮，并且枝繁叶茂地长出了自己的品味。

　　我说的老东西，不见得是"古董"。这两个字有时不免给人沉重且价值不菲的感觉。比如巴黎有些古董店，标榜路易十四时期的皇室风格：金碧辉煌、精雕细琢。但华美风非我所爱，勉强进去闲晃，对我、对店家都是浪费时间。加之我对古董不够了解，万一被骗，喜滋滋地买了一堆假古董，那才可怜！

　　我独独钟情那种贩售着一般市井人家旧物的小店。巴黎的大街小巷里，潜藏着许多这样的"宝窟"。我喜欢在逛街时，不经意地与旧

98

时光邂逅。

比如 2012 年，我行经巴黎一处橱窗，眼角瞥见一座象牙黄的桌上型立钟，立时便决定推门而入。

它真的非常优雅、细致。大理石材质，30 厘米左右的高度，如神殿般有着四根立柱。时钟本身的造型是圆的，其下垂吊着一颗金铜色的太阳，是为钟摆。钟座的顶端与两侧更有精致的水蓝色椭圆形装饰，浮雕着歌舞升平的古代人物。当钟摆轻轻摇晃，旧时光阴与现时岁月恍若就在浪漫典雅的法式风情里交融了。

看到喜欢的东西，最幸福莫过于它有着令人惊喜的价格。这座古董钟，被我杀价到 350 欧元（合人民币约 3000 元）成交。因为太重，遂托店家寄送，另收 100 欧元运费。虽然隔了一个多月才收到，但我深觉值得。我将它摆放在家中餐厅的柜子上，朋友来访，少有不艳羡称赞的。

还有一回，我看到某间店里一只深绿色皮箱，非常朴拙、古意。上面还有用粉红色颜料手绘的人物，画风并不精细。我揣想是皮箱主人嫌它太过阳春，买来以后才自己画上去的。整个箱子的造型、配色，我都十分喜欢，因此流连再三。但后来理智终究胜了情感，我想它体积太大，托运又怕碰撞，只得依依不舍地放弃。

巴黎古物商贩售的旧物，有些显然经过细心的整理。尽管陈旧，却自有整齐干净的气息。有些则特意保持岁月淘洗的痕迹。然而多半是瑕不掩瑜，小小的落漆抑或不甚明显的刮痕，有时反而更加衬映出历史感。那种深具故事性的魅力，绝对是光鲜亮眼的新品比不上的。

偶或在店中看到一些画作，镶着配衬的边框，兀自在角落里寂寞着。我总爱想，多半是因为年深岁久，遇上要搬家或整修，屋主对这些看腻了的东西，留也不是、丢也可惜，遂将之低价售给古物店。因为不是名作，所以乏人问津。

我因此半开玩笑地对友人说：

"看看这些可怜的画！我将来可不要当个画技不好，却偏偏画作多产的祖先，让后代子孙苦恼该把我的画怎么办才好！"

花都惊魂记

歹徒从破窗中伸进手来，

往女儿右侧的空位捞抓……

朋友问我："法国的治安怎么样？应该没有意大利那么可怕吧？"

我苦笑着回应："欧洲啊，基本上都差不多耶。"

关于意大利的治安，从旅游书到过来人，全都绘声绘影地警告着：财不露白，包包抱紧，护照收好，入夜后尽量别出门，别落单……这些或书面或口头的耳提面命，行前特训一般让外国旅人绷紧了神经。

法国就不同了，它毕竟太浪漫，以至于鲜少有人愿意大发警语，那就像是在甜蜜可口的马卡龙旁边，摆上卡路里对照表外加肥胖图片一样的煞风景。

有一回，我们几个好友结伴游逛巴黎的跳蚤市场。有个摊位，绘着奇花异草的杯盘好不美丽。一个朋友贪看得久些，落了单。等她回过神来，起身想追上我们，却见几个外国人愈聚愈拢，像张渔网似的把她包在中间……

朋友急了，脱口大喊：

"你们要干什么！"

肾上腺素飙升，让她霎时间声若洪钟，加上情急之下她喊的是中文，在法国市集里分外清晰。我们急急回头，那几个本想趁乱打劫的人，一下子全散了。

还有一次，我与女儿娃娃则在巴黎戴高乐机场外历险。即便事隔多年，想起来仍不免惊惧。

那是春寒料峭的三月天，我们出关后，随即坐上来接我们的七人座小巴。娃娃因为要看顾所有的行李，所以让我先上车。接过她递来的手提包，我放在脚边。然后女儿上车，她脱下的皮夹克顺手就搁在她右侧的车门旁。

车子才出机场不久，就塞在星期一上班的车潮里。我正想跟女儿聊两句，蓦地右侧不知打哪儿窜出一台重型摩托车，轰隆隆的引擎声震天。那个骑士戴全罩式安全帽，一身白色劲装。在你根本想不到会发生什么以前，在几分之几秒的定格画面里，他已经用不知什么物事，砰一声砸碎了车窗！

那一刹那，娃娃反应快，抱头埋首，护住了头脸。歹徒从破窗中伸进手来，往娃娃右侧的空位捞抓（一般人习惯将皮包置于此）——他一抓起皮外套，就像烫手山芋那样，急急扔掉，缩回手，催起油门在车阵中扬长而去……

我惊呆了，整个人瑟缩在座位上，对于眼前发生的一切，不可置信地哆嗦着。

财物损失，没有；身体伤害，没有；惊魂未定是整件如电影情节的抢劫案里，我们母女万幸的唯一损耗。

司机先生也吓傻了，但他无奈地摇头说：

"这种事，就算报了警，也不可能抓到人的！"

朋友 H 是大明星，她的经历比起我们，更为"惨烈"些。

据说那时她正在餐厅外，一面闲闲赏着巴黎街景，一面等着其他友人陆续从餐厅出来。这时，有个金发碧眼的大帅哥，从对街骑着一台摩托车，带着迷死人的微笑，一迳朝她骑来。

H 开心极了，心想："果然我这美貌，连老外也无法挡！"于是她也甜甜回笑着，完全忘了自己站在路边，背着名牌包，俨然就是一

只被迷昏了的肥羊。

帅哥骑过来，她连哈罗都来不及说，肩上的包包就那么"轻巧又优雅"地滑进了帅哥的手里。

"什么都没有了啦！"H事后哀戚地大叹，"那家伙抢走的，不只是我的钱，还有我可怜的自尊哪！"

我们啼笑皆非，一面安慰她说还好人没怎样；一面兀自警惕着，这花都巴黎的迷人糖衣下，还是有着随时蠢蠢欲动、蜇咬旅人的虫豕呀！

不花大钱的附庸风雅

阅读一座城市，看的角度很重要。
也许每一次转角，就是一次惊喜
的"遇见"。

去巴黎玩，一定得花大钱吗？

每个人对巴黎的观照各不相同。虽然大抵脱不了时尚、艺术、美食，
但这些元素相加，似乎又是一笔不小的钱。

这两年，欧洲机票涨声不断。好不容易积攒了一笔旅费，来回机
票加住宿，你可能早已阮囊羞涩。那么，旅游品质怎么兼顾！

在巴黎，不吃三星、不逛名牌，你照样可以拥有深具质感的"轻"
旅行。

这就是一个受历史豢养、被文化栽培的古城，所能给予旅人的独
特养分。

比如说，你可以买些现成的熟食，带一瓶顺口的红酒，与朋友
到塞纳河畔的清静小公园坐下来，在绿荫葱茏中，品味午后悠闲的

巴黎。数年前，我就曾经这么做过，即便现在想来，当时快乐依然历历如昨。

你也可以选定某处街道，穿双好走的鞋，揣瓶水，戴顶喜欢的帽子，优哉游哉地进行你的巴黎小散步。抬眼之处，美丽的橱窗、古典的建筑、优雅自信的巴黎人……不用花一分欧元，但若论旅行收益，恐怕胜出那些忙忙乱乱，在各大"必游"景点走马看花的旁人甚多。

藏妥包包、慎防宵小，你便可以大肆逛游以现金交易的巴黎跳蚤市场。买不买无所谓，光是看看那些"旧时王谢堂前燕，飞入寻常百姓家"的昔日风华，或是一般市井小民家用品的朴实岁月，抚触、游逛、想象，丰饶的乐趣便足以填饱心灵。

全世界大概再没有一座城比巴黎更适合人们"附庸风雅"。只是，除了名牌精品、米其林三星，你还有更多经济实惠的选择。巴黎之所以是巴黎，正如埃菲尔铁塔不是只有一面一般，你怎么玩，它便怎么呈现。

有时觉得，旅行之美，不在于你想"寻找"什么，而在于你会"邂逅"什么。阅读一座城市，看的角度很重要。也许每一次转角，就是一次惊喜的"遇见"。

我们在旅程中，不断因为遇见而发现，因为发现而惊艳。何况这世上绝大多数的风景，都是贫富不拘、雅俗共赏的。就算有人日啖生蚝、夜卧华褥，若不是虚怀若谷，又哪有空位容纳快乐？所谓旅行质量，其实到头来，还是存乎一心啊！

PART 2

日本 · 静谧

亲炙光之教堂的震撼

真正的巨作，

实在无须多余的赘饰，

简单中直见真章。

而真正的感动，

多数时候是无言的。

2010 年 12 月初，我去了大阪、京都。

早上 8 点多的飞机，中午 12 点半我们就抵达了关西国际机场。来接机的朋友问我们要不要先吃个午饭，我忙不迭地说：

"不用啦！我不饿，现在一心只想赶快看到光之教堂。"

没错，此行我的"正事"就是参观安藤忠雄的知名建筑"光之教堂"。一方面是对大师的作品渴慕已久；一方面是想借以评估，在台东初鹿牧场上盖一座教堂的可行性。

亲临现场以前，我早已将介绍光之教堂的书籍反复翻看再三。然而，当我们走进教堂，居高临下俯视着成排黑色座椅、牧师布道台以及透着天光的巨大十字架……我竟然，感动得周身蹿起了鸡皮疙瘩！

其实，遍游世界的我，赏历过的教堂多得连自己都无法细数。两

个月前，我才刚在南法的里昂参观了世界上最豪华的教堂。果真气派、富丽，极之漂亮。相形之下，光之教堂不但没有半点华丽元素，且无论用色乃至建筑线条，无一不呈现极简风格。但身处其中，我所受到的震撼与感动，却远远超越了前者。

很难相信这闻名遐迩的巨作，竟然只是一间社区教堂。从踏进庭院开始，迎面先是一支竹子做成的极简十字架。因为极简，所以更显清灵。接着，脚下一路铺陈的，是一种不断上坡的途程。放眼望去，到处布置着十字架，缓步行走之际，就像踏上宗教之路的感觉。

教堂主体中的那支十字架，是运用对整片玻璃窗面的巧妙镶嵌。尤其令人赞叹的是，十字架外，还有一面与玻璃窗呈斜角交会的混凝土墙。天光乃由上端及侧边，亦即墙与窗的开口处穿入。那支十字架透出的光线，不刺眼、不强烈，十足柔和温煦。

我们噤声不语，内心满盈喜悦与折服。真正的巨作，实在无须多余的赘饰，简单中直见真章。而真正的感动，多数时候是无言的。

不得不对"安藤忠雄"这四个字再次致敬！光之教堂利落、极简，却极具灵性与人性。

但我也因此反思，台东的初鹿牧场，显然并不适合这样的一座教堂。

原意是希望在青青草原上，盖一座充满欢乐气氛的教堂。几经思索，我决定放弃。心中下了定论的同时，我也暗自庆幸，还好有亲自到光之教堂走一遭，才能体会到书本介绍所无法体会的感受！

死与生的强烈对比

大自然的无常与万物生命的坚韧，
形成讽刺却又发人深省的对比。

2011 年 12 月 4 日，京都清水寺开放赏夜枫的最后一天被我与朋友们赶上了。

日本的红叶与樱花齐名，叶片转红的时间也因各地气候而有所不同。而正如那令人趋之若鹜的"夜樱"一般，所谓的赏红叶名所，也常会在夜间开放，为红叶打上讲究的灯光，让人们得以欣赏夜枫之美。

傍晚 5 点，我们先去一间极负盛名的餐厅吃京都名物"豆腐餐"。十足古典氛围的日式庭园，美丽幽静的拱桥，纯日式风格的饮食，用餐环境真是一级棒。

我必须多作着墨此间的豆腐。它不只是好吃而已。那种奇妙的扎实感，可以轻易地用筷子完整夹取，绝不散落。当你将豆腐送入口中，却又滑润 Q 弹，满嘴生津，浓郁的豆香在舌间散溢。

可惜的是，除了豆腐，其他配菜就表现平平，有点辜负了它的盛名。结账时，一人4500日元（合人民币约270元），真是好不心痛！

食毕，我们以徒步方式往清水寺行去。一路上人潮络绎，摩肩接踵地赶着留住夜枫的最后一夜。

半途遇见卖烤栗子的小贩，一颗颗硕大无朋的栗子很是诱人。我们花了1000日元，换来满满一袋，捧在手上暖乎乎的，简直满足得不知如何是好。想起之前在欧洲路边买栗子，同样价钱大概只给了我四五颗，而且栗子小不伶仃。现在这一口塞不下一颗的日本栗子，不只是"大快朵颐"，甚至是"大快人心"呢！

今年清水寺的红叶，说是盛放状态。全球气候异常，一下冷一下热的温度，搞得花草树木全都"疯"了。本来以为够冷了可以转红或开花，殊不知没两天又骤热……我一面可怜这些自然万物，一面又想：怪不得透过灯光看，总觉得今年的叶片红得不够艳、不够正统。有点熟过头的暗红色美则美矣，但可惜并不剔透。

听人说，那年4月，日本的樱花是史上开得最漂亮的一回。但因为彼时日本甫遭"3·11"地震海啸的巨大磨难，以至于大家无心也无力欣赏群樱竞艳。大自然的无常与万物生命的坚韧，形成讽刺却又发人深省的对比。正如数年前我曾看过的一幅画，枯槁的死木中竟盛放着一朵娇艳的红玫瑰。极度冲击的视觉印象，让我至今无法忘怀。

夜枫还有一美不得不提。日本人将灯光以巧妙的角度打在枫树上，使其娇影倒映于池中。据闻，此因古时幕府大将军地位崇高，赏月不举头，只能俯首看池中月。而丰臣秀吉的妻子，于秀吉死后出家，将这样的庭园造景带入了寺庙，因此有了赏池中红叶的美事。

而我们这群来自异国的旅人，站在现代的景致中，附庸风雅地做着与古代大将军同样的事，真真诗情画意！

不
期
而
遇
的
暖
意

从古至今传承了那么久的行业，

那份自重自持却毫无减损，

怎能不令外人叹服！

12 月的日本初冬，不容小觑。

我说这话有两层意思：一是它的冷。别以为没下雪就不算什么！北国大地天寒地冻，尤其怕起风……那随着枯叶刮起的寒意，是真正刺肤又透骨的！

二是它的热门。圣诞假期想当然人满为患，但除此之外，12 月初因为时值红叶赏期的末尾，许多风景名胜仍有一票难求的顾虑。就连我这造访日本早已无可计数的旅人，有时也难免大意，连犯二过。

就像这次去京都岚山，订酒店的时间太晚，以致与自己心目中优选的温泉旅馆失之交臂。勉强订到的那间，无论朝、夕食抑或露天温泉，都与前者相去甚远。

然后，我又因为玩心大起，情急之下只穿了洋装、裤袜，外加羽绒衣就冲出了旅馆。待察觉寒意从哆嗦的两腿窜涌上身，已经不方便回酒店更衣。我只得暗自祈祷，这没什么抗寒斤两的身子，可别感冒才好。

我们一路往竹林行去，不想竟遇上了人力车。我简直像渡河者遇见小船一般。那年轻的车夫朗目剑眉，人又十分客气有礼，甚至用生涩的腔调对我们说："我——在——学——中——文。"

一坐上去，才发现座位上放着暖暖包，还有一条大红色的厚毛毯，让客人盖腿用的。两样宝物一加持，我又瞬间元气大增。车夫拉起横杆，轻快地小跑起来。我们又暖又舒服地端坐着，络绎的人群如潮水般自身畔退去。寒意消失了，疲累撤退了，当下真真感叹，这 3000 日元花得值得！

三四十分钟的行程，只要遇上美丽的景致，车夫先生一定停车让我们下来拍照。半途我还买了金澄澄的小橘子，很想剥来吃，但因为实在太冷，只得作罢。

人力车夫据说多由马拉松选手担任，赚钱之余又可锻炼体魄。而最让我们感叹的是，车夫们毫不矫饰的礼节。一路上他们精神抖擞，愉快且优雅地向人、车行礼招呼。一个从古至今传承了那么久的行业，那份自重自持却毫无减损，怎能不令外人叹服！

下了人力车后，我们转乘小火车。再一次因为人多之累，只剩没有窗玻璃的车厢有空位，委实冷极。所幸朋友们一路谈谈笑笑吃零嘴，临溪的美丽风景又不时引人惊呼，短短的车程倏忽也就过了。

然后我们走进满布红叶的枫林，谈心、散步……回程等待火车的空当儿，在车站的小咖啡馆喝了热乎乎的咖啡与奶茶，一颗心暖到不行。

一趟岚山行，错穿衣物的我奇迹般的没感冒。想来是临机应变地选择了人力车，还有温暖的友情助我抵御了寒冷。读者诸君若有意赴日旅游，请务必采信我的浅见，早早订好自己喜爱的酒店，并且穿戴充足，才能有个完备的旅行。

八百日元的幸福

老饕间口耳相传的拉面店，

极之低调地隐身在巷弄的地下室里。

以前，我曾在书写旅行的旧作中提及：我因为酷爱东瀛美食，所以每去日本，必有体重增长的心理准备。平日在饮食上行之有年、自有分寸的那一套，只要日本美食当前，全都抛诸脑后。从生鱼片、寿司，乃至铁板烧、拉面，无分冷热，不忌荤素，我就是难以对它们说"不"！

郑板桥说："难得糊涂。"我是"难得放纵，都是鲜、美惹的祸"！

食材鲜，调味鲜；装盘美，服务美。无怪乎米其林餐饮评鉴，东京竟是"同一地区，最多三星餐厅分布"的，共有堂堂 11 家之多！

朋友们乍闻此事，先是与我反应一模一样地惊呼一声："真的啊？"随即理解地频频点头，大家都是"啊，是东京嘛，难怪难怪"的了然于胸。

想来，并非只有我这馋嘴老饕被收服，日本对美食的经营与尊崇，早已深入人心了。

去年 12 月，东京冷极，我与朋友一行四人，在新宿搜寻旅行社友人极力推荐的庶民美食——一兰拉面。

寒风瑟瑟，我们在街头来回奔走，就是不见一兰芳踪。后来决定向派出所求助。热心的日本警察又是翻地图又是问人，折腾一番后，指出面店就在不远处，一条斜斜的小巷里。

小小的、不哗众取宠的招牌。老饕间口耳相传的拉面店，极之低调地隐身在巷弄的地下室里。

这不由得令我省思起来。我们刚刚明明不止一次从它面前走过，却因为"那么好吃又有名的店，怎可能在这种小地方"的迷思而对它视而不见。

　　我们挤在队伍中，约莫排了半小时，就进了店里。

　　先在自动贩卖机买了四张票，然后被引领入座。我们四个人被两两带开，并且单独落座在一个个用木板围住的、小小的四方格里。正前方有张放下的竹帘，隐约可见工作人员在后方忙碌的身影。左手边设置了水龙头与杯子，自助式饮水。

　　不一会儿竹帘朝上卷起，我的面送来了，然后帘幕旋即又被放下。

　　那碗简单的酱油拉面，飘散着诱人的香气，在我面前蒸腾着暖暖的白烟。我捧着面碗边缘暖了暖手，拿起瓷汤匙，先尝一口汤。

　　啊，真是美味！

　　再用筷子夹起一撮面条，吹凉送入口中，配上叉烧、笋片，咀嚼幸福滋味的同时，我微微向后仰，对隔邻那因有木板相隔而无法直接四目相对的朋友说：

　　"真的好好吃哦！"

　　朋友忙不迭地点头，品尝美味的嘴连说话都舍不得。

　　对坐在木板小隔间里的食客来说，那场景十分奇妙。我打趣地说，我们简直像被饲料盒喂养的高级来航鸡！

　　经历一场奇异的美食旅程

后，当我们从地下室出来，再次投身寒风中时，本来嫌不够挡冷的羽绒大衣，这会儿却变得非常暖和。我们这四只甫被一碗八百日元拉面喂饱的"来航鸡"，非常满足、非常幸福地，在冬日的新宿街头，迈开了精神抖擞的大步。

我的美食天堂

美味瞬间升华的程度，

远远超出你所能臆测的范围。

　　食在日本，对我实在是如鱼得水。

　　有时细想，日本我之所以年年去不腻，到底是因为它的美景，抑或是因为美食？我虽不至是只挑三拣四的歪嘴鸡，然而饮食之事，至关重要，我喜欢以尊重、珍惜的心态视之。能够一再令我惊喜，并且在旅程结束后反刍再三的，实非日本莫属了。

　　无论是百货公司餐饮楼层的庶民美味，抑或是高档名店的极品珍馐，都是难以磨灭的味蕾印记。

　　我曾在仓促成行的东京之旅中，与友人在银座伊势丹百货的意大利餐厅，以 5000 日元（合人民币约 300 元）的价格，大啖包括前菜、拼盘、窑烤比萨、意大利面、羊排以及咖啡的双人套餐。分量足，口味细腻而道地，就连装潢也丝毫不见百货街常有的廉价轻忽。

那一餐，我吃得好饱，食量远胜平常，想来是惊喜放大了我的胃口。

新桥有家"久兵卫"，是闻名遐迩的寿司名店。本来只有小小一轩，十来个吧台座位。近年终于有了别馆，但还是一位难求。通常得在一个月前订位，否则必定向隅。

此间的寿司套餐价位，大抵有三种（可能视情况有所调整）：分别是 18000 日元、22000 日元以及 25000 日元；内含九贯寿司，外加一两样小菜。尽管昂贵得令人咋舌，来自日本国内外的老饕们，还是前仆后继地捧着银两登门朝圣。

"久兵卫"卖的，究竟是不是奇味珍馐，我不敢置喙。但盛置在眼前的，多是我叫不出名字的鱼种。晶莹的色泽与饱满的米粒天衣无缝地贴合着。我的眼睛往往先味蕾一步，享受了美食艺术的上乘之作。

芥末的用处，是提味而非盖味。我们中国人习惯抹一坨厚厚的绿泥在酱油盘里，用筷子三两下搅和成一片惨不忍睹的"泥淖"，再把生鱼片或寿司像裹面衣那样裹覆而后食。但日本师傅会温柔地提醒你，用筷子轻蘸一点点芥末于寿司上即可，然后徒手以拇指及中指，拈捻起整个寿司，蘸一点酱油，便可送入口中。"久兵卫"为此还特意准备了湿纸巾，贴心地折成符合手势的三角洼形。每吃一口，轻捏一下纸巾，手就干干净净了。

有些肉质不适酱油，却与海盐是绝配。只消洒上一点点，美味瞬间升华的程度，远远超出你所能臆测的范围。

更特别一点的食材，任何外来调味都是暴殄天物。师傅会殷殷叮咛，

直接享用原味，才是上品。

　　配上爽口的热茶、或温热或冷冽的清酒，寿司乐章余韵绕梁，久久不散。没有夸饰的烹调，单靠食物本身的味道，竟然可以美妙至此。无怪乎那一张张咀嚼着、细品着的脸孔（当然包括我自己），会如此充满幸福的光晕了。

　　银座的うかい亭铁板烧，是米其林评选的三星餐厅，极之美味，服务一流。晚上的价位很高，一个人要20000日元，但中午有便宜很多的套餐可以考虑。它的盐焗鲍鱼是一绝，用叶子包起来烧烤，非常非常好吃。我们几个朋友分食一只，负担就不致太过。餐后如巴黎的三星餐厅一般，也推来了糖果车。我们还像孩子似的，怂恿客气的经理与我们在糖果车旁合照。

不嗜甜，糖果没吃多少，却还是因为一张照片，画下了名正言顺的甜蜜句点。

商品反映出体贴、细心的民族性

每一次的日本行，
都是一场天人交战的购物旅程。

某年的 10 月，临时与朋友到日本短程旅行。因为台北还在高温里度日如夏，我们又是仓促成行，东北亚入秋的寒意，自是给忘得一干二净。

一到日光，眼见满山红叶为瑟瑟秋风撩拨得扭臀摆腰，我就知道惨了。穿得太少，非得赶紧添个什么才行。

我们去的地方挺乡下。但那一街小小的商店里，什么都有。关于旅人所需、关于当季可能会用到的物品，几乎全都不缺。我买到毛料的内搭裤，材质极好，一条 3000 日元（合人民币约 180 元），立时解决了保暖的难题。

这就是日本。商品充分反映了体贴、细心的民族性。

所以每到日本，我总不可能空手而返。百货公司地下街的烤麻薯，

丸子三兄弟，里面真有小虾的虾饼，各式各样的仙贝、零嘴、和果子（日式甜点）。专卖高档日本货的银座和光百货，从时钟买到皮夹，只要标明"Made in Japan（日本制造）"，就是品质保证。尤其后者，为了因应日本极高的零钱利用率，所以无论长短夹，一定都有设计精良的零钱格，实用且美观。

夏天，我喜欢买草编或藤编包，各式花色真是让你眼花缭乱，挽在手上，端的就是一个凉快。

手帕，绝不能错过。日本人用手帕，早已行之有年，所以花样、材质乃至大小，一应俱全。我个人对深色的棉质手帕情有独钟。此外，Anna Sui（安娜苏）的手帕也十分值得购买。

　　无论是哈日抑或环保的理由，我们都该沾染上这么一点东洋风。当你用手帕成为习惯，就会发现，不知不觉间，对面纸的依赖解除了，也对地球尽了一分心力。既是如此，何乐不为？

　　帽子，我最常在日本买。曾多次在书中提及，日本人嗜戴帽子的习惯，真的让我好生羡慕。所以自多年前开始，我就喜欢在日本选购帽子。无论夏天遮阳、冬天保暖，都好。有时朋友赞我脸型漂亮，我就知道，又是剪裁甚优的日本帽子替我本不完美的脸型加了分。

　　雨伞、阳伞，便宜、好看又好用。拿在手上，轻到让你难以置信。包包里一放，让你几乎感觉不到它的存在。

　　手机吊饰、化妆包、随身小镜……每一次的日本行，都是一场天人交战的购物旅程。能买、该买、值得买的东西，实在不可胜数。一言以蔽之，日本商品就是追求"鱼与熊掌"兼得的感觉。如果你自认是个"贪心"的消费者，如此这般精致、结实又耐用的东西，自然是深得民心，不买……实在对不起自己啊！

餐后的『神秘花园』

旅行中的名店拜访有两种：

其一是久闻其名，

远道而来朝圣；

另一种则是不期而遇。

我从来不知道，Chanel（香奈儿）有餐厅。

旅行中的名店拜访有两种：其一是久闻其名，远道而来朝圣；另一种则是不期而遇。相较起来，后者似乎更显得命中注定，让人非得进去瞧瞧究竟不可。

那一天傍晚，在东京银座，我就是在无意中邂逅了 Chanel 餐厅。

位于三越百货斜对面的 Chanel 大楼，本来就是银座醒目的地标之一。到了那儿，少不得走走逛逛，即便两袖清风，也算过足了名牌干瘾。那一日，我循例逛完之后，正要离开，突然瞥见同栋大楼另一侧的电梯，有客人模样的人出入。

我很好奇，心想难不成有漏掉没逛的楼层，趋前一问，我的天，原来楼上有 Chanel 自己的餐厅！

"还有空位吗？"我问侍者，满心期待可以开洋荤。

"请稍等，我替您确认一下。"服务人员很礼貌地离去了。不一会儿他下来，笑容可掬地说：

"有位子，两位请上来。"

在此之前，我与同行的友人一面等着，一面早就互敲边鼓，打定主意要吃一顿。"就两个人嘛，能吃到多贵？"我们如是说。就算接下来几天都要吃拉面也无妨。

各位看官，我该如何以这支秃笔，向您描绘我所看到的景致呢。

那餐厅，不只漂亮，更令人目不转睛的是它俯拾即是的优雅。地上铺着吸音的地毯，我们所坐的餐椅椅套，全都是上好的 Chanel 外套的粗呢衣料制成的，致使客人一落座，就有一种好似坐在名牌衣服上的错觉，十足的受宠若惊。

头顶的灯光温柔地洒落于地毯上，若隐若现地打出 Chanel 的双 C 标志。企业精神温柔而精确地掌控着餐厅的整体氛围，却没有霸气。

客人们则是餐厅舒适的另一个重要原因。我悄悄抬眼环视，来用餐的，清一色是中年以上的人士。日本人向来会穿会打扮，遑论这些以年纪及人生经验取胜的社会精英。他们个个穿戴得宜，举止优雅自信，无论从哪个角度看，都是一幅赏心悦目的画面，也因此让用餐心情更加美丽。

关于 Chanel 餐厅的正餐，我不想多作着墨，虽然它十分美味。真正让我惊艳的，是餐后的"神秘花园"。

当邻桌客人用完餐时，侍者趋前询问他们要喝茶还是咖啡。一会儿之后，侍者推着一辆精巧的小车出来，上面满满地、整整齐齐地，在玻璃盘中栽植着美丽的香草，活脱脱是个绿意盎然的小花园。

只见侍者戴上手套，按照客人喜好，熟练地剪下客人选取的各式香草。一小撮一小撮，整齐罗列于小皿中，再置于小钵内捣碎，然后冲泡、过滤，一壶香味四溢的香草茶就上桌了。

这整套桌边服务，宛若一场魔幻秀，看得我目瞪口呆。于是当我吃完西餐，侍者来问饮品选项时，我二话不说便点了香草茶。

那一车的香草啊，有洋甘菊、薰衣草、马鞭草、薄荷以及一大堆我根本叫不出名字的种类。当我看着侍者细腻优雅地为我剪取、调制那一壶专属我的茶时，尝鲜开洋荤的心情简直雀跃到了最高点。

我从来不是 Chanel 的信徒，但是那一夜的银座 Chanel，从此在我的旅行印记中，留下无懈可击的身影。

虔心守候
刹那的美丽

樱花美，

美在催不得，却也蹉跎不得。

今年4月，在东京新宿御苑，我在粉红色的樱花隧道下上洗手间。

百年老树的枝垂樱，就那样开满一整条公园步道，而洗手间就在樱花树下安然栖歇着。干净、漂亮，简直让人嫉妒得无语。

我看樱花，觉得此物因为柔美，所以诗情；因为梦幻，所以莫测高深。赏樱最是需要运气，有时就连日本人自己的花讯也做不得准。本来含苞待放的，一道冷锋过境，也许就使性子不开了。或者看似还有数天花期可待，谁知它噼里啪啦的就落个尽净。最有幸莫过遇到春风与落樱的联袂演出，风过樱花如雪片漫天旋舞，日文的"樱吹雪"，说的便是这绝美的景致。

新宿御苑、大阪造币局，都是我钟爱的赏樱地。京都岚山的樱花沿溪盛放，则是另一种水色花容的交相掩映之美。

皇宫外，也有樱花可赏。马路旁，豪放的两整排，莹白粉嫩，真是春城无处不飞花。

细数多年的赏樱纪事，最难忘的，要属某年在日本东北地区，同行的友人们喧闹着要去散步，我却自愿留在樱花树下，独处。

我壮起胆子，向隔邻赏完花欲离去的日本人，要来一张他们本来要丢弃的席子。我躺下来，仰脸向着晴空，头顶正是那株樱花树的枝干。近乎墨色的枝丫，天光在它周边洒下，树形更加有一种峥嵘的美丽。粉色的花儿们背向着我，娇颜朦胧。我就这么静默着，关上自己的耳朵，阻绝了远处近处的人声熙攘，只有我与自己的悠闲并肩仰卧。朋友们

走了很久才回来，我因此享受了充分的树下独处，好不快乐。

所以，樱花美，美在催不得，却也蹉跎不得。只能虔心等待，守候刹那的美丽。

意外的星野奇缘

我因为犹豫而驻足，
脑袋里乱七八糟地转了几圈，
决定往回走。

　　数月前，小辈送了我一本国内建筑师写的日本旅游书，里面介绍了许多美丽幽静的温泉旅馆。其中，位于轻井泽的星野旅馆，几乎是全书焦点。一张张精美的照片，辅之以作者由建筑专业角度的说明，让我在欣赏的同时，心里止不住地高喊：

　　"我要去！我要去！"

　　两个月后，我如愿订到了星野，便偕同另外四位好友，开开心心圆梦去。

　　轻井泽距东京只有一个半小时的火车车程，一点也毋须风尘仆仆。我们从轻井泽车站搭出租车，不消多时便抵达星野。它在山林的怀抱中傍水而筑。先在一间极富情调的临溪小屋Check in（办理入住手续），然后便有小车驶来，将客人接进酒店。

我们五个人，分住两间 Villa（公寓）。纯和室房间，有小客厅，还有水边的阳台。房间的视角显然精心设计过，无论你是坐是卧，都可以毫无遮蔽地看到波光粼粼的溪水。尤其特别的是，当你在榻榻米上躺下，透过在刚好的角度上开的那一列小窗，潺潺溪水近得似在指尖。

星野的温泉有多处选择，你甚至可以搭乘接驳车，到车程 5 分钟以外的别馆泡温泉。我的两个朋友兴致勃勃地去了，余下我在内的三个人，留在本馆泡汤休憩。

想不到，我因为这一泡，竟然彻夜未眠。

整个浴场静悄悄的，但十分明亮，我泡在热汤中，伸展四肢，舒服极了。雾气蒸腾间，我隐约看到有人从一个黑漆漆的洞口走出来，心想走过去必定是露天浴场，于是满心期待地往那儿走。先是经过一个窄到几乎仅足容身的长甬道，灯光幽暗，瀑布般的水流不断从头顶冲下。走到甬道尽头，一个黑黑的洞等在那儿，中间是热气氤氲的一池水。我因为犹豫而驻足，脑袋里乱七八糟地转了几圈，决定往回走。

说不上来，就是觉得怪怪的，有种背脊发凉的感觉。

我回到亮处，再泡了会儿汤，驱走刚才那股寒意了，这才回房间，与朋友一起去用晚膳。

穿着浴衣，走过装置着微小光源的小径，一路往餐厅行去，情调真的好得没话说。夕食虽美味，但无惊艳之作。食毕回到我们的

Villa，我对友人们说起下午泡汤的情景，直呼可怕。

朋友笑说：

"哪里可怕啦？你想太多！人家是精心设计安排的，想要制造出一个让人可以冥想、沉淀的氛围啊。你当时要是走进去泡了，就不会怕了啦！"

好吧，我苦笑，只能说在下不才，糟蹋了。

夜深了，万籁俱寂，山里的夜更是静得无以复加。同房间的两位好友陆续传来熟睡的鼻息，我枯躺在舒适的被褥里，无法克制地一直想着温泉里那个黑黢黢的洞，愈想愈怕，愈怕愈清醒，直到天都快亮了，才因为倦极而睡着。

半个月后，送我那本旅游书的小辈，坐在我的餐桌旁，品尝着我从轻井泽带回来的草莓果酱。一颗颗完整的草莓，甜度适中，标榜纯天然、纯手工。涂在刚烤好的吐司上，她一边吃得赞不绝口，一边万分艳羡地听我说完了那一夜的星野奇缘。

一部电影诱发的旅程

十月，
北海道的秋叶仍然红黄交错，
满眼斑斓。

熟识我的朋友几乎都知道：我的金钱观与价值观，某些时候是迥异于常人的。

比如说，常人花钱置装，每年、每季甚至每月买，汰旧换新，乐此不疲。我则一件衣服动辄十几二十年，看腻了便自己设计，请人改改样子，又是新衣一款。

比如说，常人多半不舍花钱旅行，不舍辛苦积攒的钱财短短数日或数周就去而不返。我却独厚游玩，只要事关旅游，只要触动了我好奇的神经，存得再久的钱也绝对舍得花，毫不手软。

年纪愈大，愈是如此。

8月，某个桂花飘香的夜晚，我与友人相偕，看了一部美食电影《美味传承》，真人真事，实景拍摄。说的是南法一间米其林三星餐厅，

六十几岁的老板准备将事业传给儿子，希望他能凭一己的智慧与实力，独立经营一间餐厅。于是选定食材丰沛的日本北海道，在洞爷湖畔开设了海外分店。

整部影片传递出的氛围，美丽、温暖又发人深省。尤其使我深受冲击的是主厨父亲"传才不传财"的远见。以他们的名声与财富，坐拥私人农场、牧场、香草圃、菜圃，世界各地的饕客不远千里只为朝圣……下一代绝对不虞吃穿。但老主厨深谙财富再多亦终有尽时，唯独传承手艺，可以庇佑子孙幸福永续，那种智慧富爸爸的态度使我动容，而且我也好奇：究竟那个年轻的儿子，有没有如实接续了父亲三星级的手艺呢?

我出得电影院,便决心去北海道一探究竟。

该餐厅开设在洞爷湖畔的温莎酒店内,已然盛名远播。我与两位好友好不容易订到 10 月份的两晚住宿。而且,第一夜的餐厅已然客满,得等到第二晚才能圆梦。

10 月是个再美不过的季节,北海道的秋叶仍然红黄交错,满眼斑斓。温莎酒店位于洞爷湖畔的山腰上,巍峨、气派,十足欧洲氛围,还可居高临下俯瞰洞爷湖,视野开阔得不像话。住这种高档酒店当然不便宜,但我们三人分摊下来,倒也还能接受。

住宿的那两日,天寒雾重,分外有一种迷离的意境。圆梦之夜,我们三人早早便打扮妥当,穿上优雅的衣裙,头发梳理齐整,化好妆,用一种既兴奋又忐忑的心情走向餐厅。一切正如电影中的情境——

菜肴、服务、内部装潢、食物摆盘……真的全是三星水平。香脆的薄饼屏风似的插立在石头状的食器上,浅汤匙里盛装着每一口都风格迥异的分子料理,菜肴彼此间的轻重浓淡层次分明。我们吃得太满足,直觉美食若此,无酒不成理,于是附庸风雅地点了一瓶红酒。当那琉璃红的汁液涌入喉间时,美酒美馔的交融,真真令人心醉神迷。

那一日,正巧是其中一位朋友的生日。我准备了礼物,并且事先向餐厅预订蛋糕,但餐厅人员说抱歉,他们没有生日蛋糕这种选项。想想也是,向来以甜点为美食终章高潮的法国三星餐厅,怎可能以一个“凡俗”的蛋糕来坏事?

　　然而我们也没料到，他们居然做出了更为优雅细致的替代品——师傅以极细极薄的糖丝层层围绕，圈出一个蛋糕大小的、晶莹剔透的糖丝"城堡"。中间点上蜡烛，烛光自莹澈的糖丝间透出，美极了。

　　不是真的生日蛋糕，却更与我们的三星之夜契合。我们举杯，在彼此笑意盈盈的脸上看到满足与幸福。

　　第三天一早，云开雾散，洞爷湖为欢送我们而露出全貌，所谓圆梦，还能比这更值得吗？

深秋的春花

境由心生。

人说："境由心生。"旅行中体现这句话，更是无比贴切。

当我与朋友为了三星美食，兴冲冲地飞抵北海道，住进洞爷湖畔的温莎酒店时，10 月的北国天气便以看似低调却又不容小觑的姿态，向我们展现了她的威力。

先是冷，随之而来的是雾。我们住了两天，日日都是月朦胧、鸟朦胧。用餐时分，餐厅落地窗外是铺天盖地的白雾，换作别人也许认为大煞风景，我却觉得情调满点。拿起相机拍照，只见雾气缥缈间树影绰绰，自有一种魔幻的氛围。而且，由于雾的遮掩，没有绚丽的杂景分心，你只得聚焦于那细腻优雅的树形，反倒更加凸显了山林之美。

雾中泡汤，更是难得的经验。温莎酒店的温泉浴场，没有哗众取宠的设计，却是让人能全心放松的疗愈所在。往露天温泉的路，被设计成静谧的通道。穿着和服的我们，脚步也不由得变得细琐起来，一段路也因此放长了距离。每隔几步，便有暖气自小径旁边送出，实在贴心。雾气蒸腾中，温泉的水雾与大自然的山岚天衣无缝地接合，白蒙蒙的恰似天然毛玻璃，完全无须担心走光。

我们在山中盘桓了两日，第三天一早，要Check out（结账离开）了，天空却在此际云开雾散，洞爷湖首次对我们展示了全貌，很有种"临去秋波"的感觉。我站在房间的阳台上，房里是已然收束好的行李，俯瞰美丽的湖光山色，心中充满了惊喜。

同行的两位朋友，正把握时机，开心地在酒店前的美景中拍照。而这头居高临下的我，也拿出了相机，对准她们，将丰饶的景致与友情，同时"钓"进了我的观景窗里。

酒店周边的秋叶，纵使已没有九月那种惊人的红，但树木们颜色各异，因此更添层次美。比如其中一株大树，叶片娇黄似甜椒，而且不掺杂任何其他颜色，漂亮极了。我实在忍不住，便也故作优雅地与它合拍了几张照。还有一张，我独坐湖边，脚下是满地的落叶，背后一株孤独的红枫，秋意满眼。

境由心生，倘若我从一开始，便苦恼于天候不佳，愁烦于大老远的朝圣却只能坐困乡野，想来我的旅游心情，必没有半点愉悦可言。明明住在漂亮的酒店里，却会因为坏心情的蒙蔽，举目所见皆不美。至于那离去当日的天清气爽、风和日丽，想必也会被我解读成"老天的恶作剧"，而徒增愤懑吧。

离开豪华梦幻的温莎，我们回台前，在札幌待了一夜，住的是一般平价酒店。这是在实现梦想之后的返璞归真。

漫步札幌街头，三个人进了一间只有吧台座的小店，那里专卖握寿司。北海道的丰盛鱼贝吃得人既满足又感恩。老板不同于一般日本人，能操一口流利英文，与我的两个朋友相谈甚欢。我边吃边听，仅凭有限的破英文听力，倒也能懂得老板的可爱与幽默。他说，自己的英文名字叫 Tom Cruise（汤姆·克鲁斯），所以，"如果你们下次来我不在，"他故意摆出一副电影明星式的表情，"就是我拍片去了。"

我们都笑了，佐着温热的札幌清酒，与好心情一起送入喉头。北国之深秋，冷风飒飒，然而"境由心生"，幸福的春花正在我心底绽放呢！

优雅而吊诡的威尼斯

万一迷路了，别慌，
朝港边走就对了。

去过威尼斯好多次，心里着实喜爱这个水汽氤氲，集幻梦与缤纷于一身的城市。

它有一种别处难觅的氛围：阳光潋滟、游人如织时，是一番生气蓬勃的浮华光景……但往往才刚转过一处街角，市声隐没，光线淡去，独剩各式面具在小店橱窗里，闪动着美丽又奇异的表情……这样的威尼斯，又仿若另一个优雅却吊诡的世界。

都说在威尼斯容易迷路，然而此城之美、之特殊，迷乱旅人脚步的，又岂止是曲折的巷弄而已？

我造访多次，路还是照迷不误。久了倒也不惊，还自动发展出一套"导航系统"来。我总对同行的朋友们说：

"万一迷路了，别慌，朝港边走就对了。循着外围走，一定会找到集合点的。"

威尼斯的巷子啊，百转千回，所以我用最简单的方式，打败最复杂的设置，十分管用。

众家姐妹出游，我们另一项聪明招数是：将圣马可广场上的咖啡馆当成集合据点。大家在那里喝喝咖啡，听听音乐，上上厕所（此点尤其重要，凡欧游过的人必定知道，在欧洲旅行，方便之事可不如日本那么方便）。我们不会一窝蜂地来，又一窝蜂地走，而是分批逛街，留下的人就在咖啡馆里歇腿、看东西。等出门血拼的人回来了，再换另一批人上场。如此一来，既不必担心提着大包小包走不动路，也不用愁烦无处休憩。

我很喜欢威尼斯的玻璃制品，尤其偏爱个人工作室的手工艺。从玻璃器皿到项链，我几乎买得大小兼备，巨细靡遗。

玻璃透光的特性，在饰品上尤其易于彰显发挥。我有一串玻璃项链，正红色，式样极简。垂坠的珠珠仿佛石榴种子，红得剔透欲滴。与姐妹们喝午茶时佩戴，浪漫有之，却不至过于炫丽。

至于我钟爱的玻璃杯盘，不好带，我也不贪。每回买个两三件，几次下来倒也成就可观。

住在威尼斯，房价多半高昂，但充满古典情致，而且你不必在逛完街后，还得巴巴地赶搭交通船或水上出租车。有一间保尔酒店，如果经费充裕，个人以为是不错的选择。古色古香的建筑，极尽挑高的屋梁，大厅里摆设着美丽的古董。酒店左侧的斜对面，有家美味的餐厅。

常见到重视家族观念的意大利人携家带眷地光顾，看上去真真分不清究竟是几代同堂。一大家子人痛快地吃喝过后，即便杯盘狼藉，却很是幸福洋溢。

数年前，我与好友们一趟游轮之旅，预计从威尼斯出发。正当大伙开开心心在甲板上向岸边人群挥手道别时，我却选择一个人待在舱房，透过舷窗，望向陆上的威尼斯——

游轮驶离，海鸟群倏地飞起，那一刻，不知为什么，我在明明该要兴奋欢快的启程时分，竟落下了伤感的眼泪！

也许正像这个城市多变的面貌吧。潮风中送出的，到底是出发的愉悦，抑或是离别的愁绪？因为是威尼斯的缘故，所以，也没有一定的答案了。

都是美食惹的祸

可惜的是，她们不经老。

往往未及中年，

身材便已如江河日下。

意大利的男人，情欲十足。向女人挤眉弄眼、咏唱情歌、释放费洛蒙，几乎个个是本能。

小巷里，大街上，河岸边，他们像狩猎般猎捕爱情。或者，只是攫取那一晌贪欢？

热情可爱？不能否认。但老实说，也有点可怕。

男人们一旦不知"厚脸皮"为何物，女人们就防不胜防了！

相形之下，法国男人就显得较有气质，但也较高傲、沉郁。

异中求同的是，意法两国男子，穿着打扮的能力，都如他们对浪漫的制造与掌控一般精熟。

意大利女人呢，年轻时是无可挑剔的漂亮。因为她们多半拥有西方人少见的黑发，加之眉目分明，睫毛既长且密，有些还真真艳丽得让人不忍逼视。

可惜的是，她们不经老。往往未及中年，身材便已如江河日下。肥胖臃肿让年轻时那个美人离自己愈来愈远，镜中人愈来愈陌生。我们外国人看来觉得扼腕，她们则恐怕因为身处其中，既是个个如此，也就不以为如何了。

想来，都是美食的错！

你想想，那些火腿啊，香肠啊，封肉啊，起司啊，更别说已成为世界通食的比萨、意大利面……没有一样不是引人垂涎的美食。意大利女人天天吃、年年吃，加之慵懒无争的民族天性，变胖怎能不成为宿命！

职是之故，我有时在米兰街头，见到那种穿着秾纤合度的名牌，眼神睥睨，以优雅姿态牵着名犬遛大街的意大利女士时，便不免要想：十年后的她，会是如何一番光景？

能不能逃过发福的魔咒倒在其次，比较确定不会改变的，应该是意大利人那"绝不随手捡拾自己狗儿的大便"的"国民须知"吧。

否则，有关意大利的旅游书上，也不会动辄警告"留意你头上的鸽粪与脚下的狗大便"了。

说来说去，无论是男人的热情浪漫抑或女人的皮相变迁，"民族性"这个幕后推手，真是不容小觑啊！

享受一个人的咖啡馆

什么都不肯让步或牺牲，

还是别旅行的好。

到国外旅行，我向来睡不好。尤其是与台湾有 6 小时时差的欧美，甜甜睡上一觉从来不是我可以冀求的梦想。旅行中，我睡得少、睡得浅，但我从不抱怨，反而甘之如饴。在我心中，旅行之事天大地大，牺牲一点睡眠，算什么？

所以我每每见有人到了欧洲还愁眉苦脸地哀叹："这些东西吃不惯啊，我就是有个中国胃嘛！"一听这话我便不禁要哑然失笑，什么都不肯让步或牺牲，还是别旅行的好。

正午 12 点，我们飞抵米兰。长途旅行外加时差，其实整个头是半昏沉的，但我心依旧雀跃。尤其与许久未见的大女儿手牵着手，幸福感便油然而生。我苦笑着对女儿撒娇："为什么幸福的时刻，却总是那么累啊？"女儿宠宠地笑看我，一切尽在不言中。

我们一行六人，兵分两路。我想到对疗愈疲累最是有效的甜点，于是二话不说，便杀进米兰大教堂旁的冰激凌店。

5 月初，意大利的草莓正当令。鲜甜滑软的冰激凌一入口，全身每个细胞都醒了过来。

意大利的冰激凌，总是好吃得令人难以置信。我连吃两球，仍觉意犹未尽，但身体的疲累却已然在甜蜜的抚慰下去除大半。

出发去托斯卡尼前，我们先乘船去五渔港一游。所谓五渔港，共有五个渔村，全是极富风味的美丽旧镇。但五月的浪头竟是惊人的高猛，载客量仅百余人的游船，晃来荡去的，实在让人吃不消。

受了晕船的牵累，以致后来我们在最大的港口登岸时，众人游兴

已减了大半。我也只胡乱小逛了一圈，买了几个小小的瓷杯，作为纪念。

　　幸运的是，我们在托斯卡尼的住宿点非常令人满意。它位于距佛罗伦萨约 40 分钟车程之处，四层楼的石造建筑，房间总数只有 20~30 间。我们被安排入住的每一间都极之宽敞，窗外是葱郁悠然的景致，远山近树，蓝天无边。130 欧元一间房，两人对分，实在物超所值。

　　第一天我们到得晚，随便在旅店吃了晚餐便早早休息。次日，我们依循人潮找了家意大利餐馆。享用了淡菜、虾、小卷、封肉，道道新鲜、美味，连同白酒，全部只要 100 余欧元。

　　附近有家专卖过季名品的 Outlet（折扣品经销店），众人约好了逛完餐厅见，便各自"巡狩"去也。经多年磨炼，我在血拼一事上，早已练就老僧入定的功力，所以早早便在餐厅休息等人。心想至多两小时，业已足够大家买到提也提不动。

殊不知，这一等，地老天荒。

下午4点整，众友人这才带着一张张既疲惫又隐约透着遗珠之憾的脸，大包小包地回到集合点。

因为不再嗜买，也因为喜欢在旅人匆忙的脚程中停格，所以多数时候，相较于购物，我更爱寻间咖啡馆，施施然看本自带的小书，看看当地人。

不喝咖啡的我，在异国咖啡馆里，酷爱点杯热巧克力，冬日尤其过瘾。疲累的身心都因为巧克力的抚慰而得到休憩与充电，我可以动辄坐上两个钟头，兴致来了也许加点个"投缘"的甜点。而后就这么安坐着，看人比看书更认真地观察着那些或夫妻，或情侣，甚或父子、家族——旅行中，只要坐进咖啡馆，对我来说，已然就是"享受吧，一个人的旅行"！

惊蛰之哈雷梦

梦幻坐骑近在咫尺，
我的心里，擂着跃跃欲试的鼓。

在意大利的乡间旅行，酒庄绝对是个好玩的选择。好比我们此番，一人花上 65 欧元，便有专人导览整个酒庄，并有专业侍酒师服务我们试酒。从年纪最轻的 2010 年份起始，一路寻幽访胜，恰如溯溪般往年深岁久处行去。

酒，愈陈愈醇。人，愈久愈见真章。

我们参访的酒庄原是一座古堡。古时与世仇连年征战，直至某年兵疲马困，两个家族遂决定结亲，弭平争斗。此去经年，后代子孙无力也无心维修古堡，为免任其倾颓，便转而种起葡萄，生产葡萄酒，古堡酒庄于焉成形。

如是的历史转折，竟叫我想起"葡萄美酒夜光杯，欲饮琵琶马上催。醉卧沙场君莫笑，古来征战几人回"的诗句来。

　　一杯又一杯的附庸风雅之后，我们决定去吃顿美食。路上巧遇超过 50 台重型摩托车所组成的哈雷车队，声势真真惊人！听着他们沉如闷雷的引擎声，看着他们绝尘远去，我在心里艳羡万分地想：

　　"要是能坐在上面，不知有多威风！"

　　想不到，等我们到了餐厅外，赫然见到那几十台的哈雷，轰轰烈烈地停在门口，阵仗很是惊人。原来大家志趣相同，选了同一家餐厅用餐呢。

　　晶亮黝黑的梦幻坐骑近在咫尺，我的心里，擂着跃跃欲试的鼓。如果能坐上去，在这景色如画的意大利乡间小小绕行一下，该是多棒的经历啊！

　　不甘只是空想，我马上拜托意大利文流利的友人，去向哈雷车队说上一说：有没有哪位英勇的骑士，愿意载我这东方女子一程，小绕一圈，圆了我这辈子没坐过哈雷的梦？

忐忑地等着，想不到车队很爽快地答应了。还推派了一位褐发碧眼的年轻帅哥，说是待会儿吃完午饭，便载我兜风去。

我开心极了！美食当前，却满脑子都是哈雷。席间要上化妆室，必得经过餐厅中间那一大群骑士。我戴着墨镜，头垂得低低的，深怕不小心瞥见他们指指点点，促狭地交头接耳：

"就是她，那个'肖想'坐哈雷的女人！"

这一顿午膳，因为正式，所以吃得非常久。当那望眼欲穿的一刻终于到来，我站起身，抚平衣褶，满脸笑容地准备登车。

豆大的雨点夹带着冰雹，突然在此时噼里啪啦砸将下来，而且愈下愈猛。最后，连那种希望它速来速去的冀求也被砸熄了！

不可置信！饭前明明是艳阳高照的大好天气啊！

我真的失望至极。下着暴雨冰雹的天气，湿透的哈雷摩托车，势必不可能圆梦了。朋友一旁安慰着说：

"老天疼你，怕你坐哈雷有危险，才阻止你上车的啦！"

我看着她，欲哭无泪，一句话也说不出来。这个如春雷般惊蛰一响的哈雷梦，就这般来也匆匆、去也无踪的未及开始，就已黯然落幕了。

PART 6

美 国 · 梦 之 国

阿拉斯加教我的『徜徉』

而今的我，因为旅行的锻炼，

胆量与眼界就像快乐的能力一般，

放大了！

　　小辈饶有兴味地问我："老师，您已经去过那么多地方，最爱的是哪里？"

　　虽然早已知道自己心中的答案，我还是停下手中的筷子，认真地想了一想，然后非常确定地说：

　　"阿拉斯加！"

　　关于阿拉斯加的美与好，我已经在书里（包括这一本）赘述过无数回。它总是一再召唤着我，回到那大山大水的怀抱中。老实说，此生若没有遇见阿拉斯加，我不会知道所谓"徜徉"，究竟是什么样的感觉。

　　去年6月，我七度踏上阿拉斯加。亲朋好友共十人，抱着如小孩儿远足般的兴奋心情，簇拥在游轮甲板上，等待着我最爱的生物——

鲸鱼现身。

已然开放的冰岬，风景绝美。我们运气极好，总共看到了六只鲸鱼组成的整个家族。它们优雅又淘气地忽而露脸、忽而隐身。庞然的身躯在海水与浪花的抚触下，既是奇观，也是一种难以解释的柔情。

另外三只，甚至在船侧翻转、扬尾，划出完美的弧线入水，简直像特意为我们秀了一段舞蹈。

还有一次，女儿又去了一趟冰岬，居然见到一群座头鲸。她一面

对我描述当时景象，一面看我艳羡得猛摇头。

"那群座头鲸啊，先用嘴吹出硕大的海水泡泡，将鲱鱼群团团围住，再一起张大嘴——啊嗯，"她也张大嘴，"由下而上的，一口把鲱鱼群吞进肚里。"

像小房子般那么大的座头鲸，让女儿大开眼界，她直叹，真的太壮观了！

不只看鲸鱼，我还去坐了"世界落差最高"的滑索。这可是连周围的大男人们都避之唯恐不及的挑战，我们三个女性，坚持要"不虚此行"。既来之，则坐之。

那个滑索座位，是用粗绳缆编成的。安全扣锁都检查妥当，前方的铝门一打开，脚下就是万丈深渊。时速约 90 千米的速度，一开始当然怕，飞一般的行经峡谷上方，耳旁是呼啸的风声，景物在高速飞驰下，几乎堆栈如色块。但当我正快乐地想要欢唱时，却已经到了。事后，同伴们抖着哆嗦问我：

"吓死人了！你有闭着眼睛吗？"

"没有，当然要张开眼睛啊！"我说，哈哈一笑，"这么难得的机会，在半空中看美景耶，怎么可以放弃！"

从前的我，最胆小、最怕死。而今的我，因为旅行的锻炼，胆量与眼界就像快乐的能力一般，放大了！

到别人的故事里搅局

梦游的爱丽丝，

在美国英雄的地盘上出了大糗。

长途旅行，我向来最无悔牺牲的，便是睡眠。

知道自己在旅程中睡得浅、睡得少，知道"劳其筋骨"是热爱旅行必得付出的代价，所以我从不因为疲累而抱怨或动气，顶多就是觉得自己没那么"脚踏实地"。比如此番游纽约，我在传给孙越伉俪的简讯里写：

"我觉得自己每天都在梦游耶！"

"那你就是爱丽丝啦！"孙叔叔在回讯里这么说，还很促狭地以"小朋友"称呼我。

于是我这"爱丽丝"，便很愉悦且无所事事的，一面在纽约晃悠，一面与时差对抗，但凡好吃好玩全都不忍见弃——结果，梦游的爱丽丝没遇上赶时间的兔子，也没遇上红心皇后，却在美国英雄的地盘上出了大糗。

那一天，我兴高采烈地与亲友们去看《蜘蛛人》舞台剧——是的，您没看错，的确是舞台剧，而且据闻是史上耗资最巨的。舞台剧到底不比电影，不能剪接，能做的特效也有限，所以在圆形的剧场里，为了表现那种令人目不暇接的戏剧张力以及主角飞檐走壁的绝技，势必要动用精密的道具机关与舞台设置。尤其，应剧情需要，蜘蛛人必须在观众席的上方高处飞过来、荡过去……可以想见，要在绝对安全的情况下达到目眩神迷的效果，是半点差错也出不得的。

进场前，我还煞有介事地比出蜘蛛人的招牌动作，与工作人员扮成的蜘蛛人合影呢！

那么，带着时差的爱丽丝，究竟出了什么糗？

我——睡——着——了！

尽管我极力抗拒睡魔，尽管我一直告诉自己不可以，但旅程中积累的睡眠不足，就像千斤麻袋那样垂坠着我的眼皮。每一个盹醒，总觉又羞又惊，但不出几秒又被睡意包围……开场没多久，我就这么徒劳地屈服在睡魔的魔下。惨的是，我的头不是往前点，若是如此倒也罢了，多少还可以乔装掩饰一下。倦极累极的我，昏寐中，头竟然反常地朝后仰。天可怜见，那真是无所遁形，窘态毕露哪！

而且，我——坐——在——第———一排！

整个上半场，我多半是瞌睡状态。下半场则是清醒到不行，想来是睡饱了，外加中场休息的 20 分钟，吃了点小点心，上上洗手间，失

去的体力全补了回来。剩下的好戏，无论是补偿演员们还是自己，我再也不能蹉跎。聚精会神地欣赏，细瞧每一处缜密的安排。蜘蛛人的身手矫健敏捷，老实说真不输电影。尤其舞台剧的临场感，更容易让现场观众觉得身临其境。

　　为了表现蜘蛛人在空中来去如风的奇境，凡须要特技效果的场景，就会出动多位演员同时扮演蜘蛛人。反正戴上头套，穿上紧身衣，只要大家身材一样，看起来就像只有一个蜘蛛人。当你看到蜘蛛人飞过檐脚，立时又飞了回来，就是在迅雷不及掩耳的速度下，已然有多人在替换。观众们惊呼连连，满眼都是赞叹与惊喜！只可惜女主角不够美丽，身形也不够好，唯独唱功真是可圈可点。这是坐在第一排的我，细细观察台上演员之后的客观品评。

　　谢幕的时候，出来了七八位蜘蛛人，一字排开，果真一模一样。中间的那位是主角，笑得尤其灿烂。

　　坐在观众席上的爱丽丝，很努力地鼓掌，心里十分诚恳地说："I am sorry！（对不起！）我再也不敢到别人的故事里搅局了！"

纽约客就是最美的风景

在星期天的纽约，

无所事事地品尝冷风中的韶光易逝，

又不知要羡煞多少庸庸碌碌的人呢！

　　曾看人写过："重游旧地，就像重读一本书，也像重新认识一个人……于是你才知道，原来你们之间，还有这么多的不了解！"

　　说得真好！

　　以前到纽约，为的多半是公事，三四天的行程，走马看花外加仆仆风尘，这颗举世知名的大苹果，给我的印象真是什么都大，什么都多，以及超现代化，充斥金融色彩。除此就是混乱、脏、嘈杂、忙碌、活蹦乱跳、精力十足。

　　相较起巴黎这位优雅的中年人士，纽约就像个令人又爱又恨的年轻人。你说他不懂礼貌，他却又学养丰富；你说他不解风情，他却又有时浪漫满怀；你说他鲁莽冲撞，他却也细腻古典……

于是，当我打定主意，想用十天假期好好深入了解纽约时，"无所事事"便成为我此番纽约行的旅游宗旨。

所谓无所事事，是指一派轻松写意的态度。除了几家必须预先订位以免向隅的餐厅，其他时间我没有一定的行程。将近十天都住同一家酒店，每天好整以暇地出门，哪一天要玩哪里，全都随性。

问问自己，你有多久没有无所事事？那种极度的自由自在，心上不必系挂任何包袱，你可知是多大的幸福？

抵达纽约的首日，是个星期天，气温只有三四摄氏度。我与女儿到酒店 Check in（办理入住手续）后，随即手拉手轧马路去。

我想好好体会星期天的纽约。

呵气成霜的低温中，我在第五大道附近，时不时便遇见穿着貂皮大衣的纽约仕女，牵着名犬溜达。主人毛茸茸、狗也毛茸茸，老实说那景象还真是好看。男士们则是笔挺西装，外加质地讲究的风衣，手拿皮革公文包。无论年轻年长，步履间尽是潇洒自信。

创意风也随处可见。也许是一双质感很好的球鞋配一款优雅的窄版长裙；也许是一件领口缀满羽毛的复古外套下搭一条刷白的牛仔裤。充满冲突的元素，组合起来竟能造就出令人激赏的视觉效果。我必须说，这些很会穿衣服的纽约客，某程度上颠覆了我向来认为"美国人穿衣太随性，有时甚至到了邋遢地步"的刻板印象。

也许，熟谙穿衣哲学的美国人，大部分都集中到纽约来了！

行经十字路口，刚好有个骑马的纽约警察停下来等红绿灯，我把相机递给女儿，忙不迭地说：

"快！拿他当背景，帮我照一张！"

女儿举起相机，按下快门却笑不可抑。原来这看似严肃的中年骑警，知道自己也进了照片，竟然在马背上，冲着镜头比出胜利手势，出人意表地配合演出，真的只有"可爱"可以形容。

洛克菲勒中心前的溜冰场，正在做开放前的最后整理。只见整冰车来回梭巡，以便将冰面弄得平整。接着一位女性工作人员上场试溜，她几乎巨细靡遗滑过场中每一处。众所周知，美国因为强调人权，一个不小心就会挨告。若不在事前将防御工事做足，万一有人因此摔倒甚或受伤，保证商家吃不了兜着走。

　　我们这些无所事事的观光客，就伫留在场边，饶有兴味地看着他们准备停当，然后收票，开放入场。

　　天寒地冻，在灰扑扑的摩天大楼群环伺下，米白色的溜冰场中，打扮得五颜六色的人，有大有小，全都吐着热气，足蹬冰刀，尽情在

场中飞驰，看得我们好生羡慕——如果我也能下场悠然奔驰一番，不知有多好！

然而，笨手笨脚、不会溜冰的我，在星期天的纽约，无所事事地品尝冷风中的韶光易逝，又不知要羡煞多少庸庸碌碌的人呢！

连成人的心也融化

曾经搭过的马车没坐成，

不曾进去过的玩具城倒是首度踏进了。

　　多年前的美国电影《小鬼当家》红极一时，古灵精怪的小男主角麦考利·卡尔金一炮而红。第二集的主场景就设在纽约，那一间他用爸爸的信用卡入住的 Park Plaza Hotel（公园广场酒店），在电影中出尽风头，从此成为全球知名的高级酒店。

　　广场酒店历史悠久，充斥着辉煌的旧时氛围，十几年前曾是我对纽约初次惊艳的一部分。但它那有着圆柱、垂幔，并且过于柔软的古典床榻，在我的记忆里，并没有与舒适画上等号……所以，当此行我预计要在纽约住上将近十天，便选择了空间宽敞的四星现代化酒店，与女儿要了一间有客厅的套房。她睡客厅，我睡卧室，两人共享卫浴。我这已被现代化宠坏的现代人，少了"古典"的束缚，果然自在多了。

　　酒店临近第五大道，夜半小巷里总有垃圾车出入，真要细究起来，其实也挺扰人。但我说了，旅行中短浅的睡眠我早已习惯到不以为意。靠坐床头看看书，也是一种无所事事的幸福。

　　虽说舍弃了广场酒店的"住"，但我没错过它的"食"。某天早上我与女儿特地去吃了广场酒店的早餐。我们打扮得体体面面，坐在优雅美丽的餐厅里，享受一流的气氛、服务以及细致的餐点。一个人约 35 美元（合人民币约 220 元），我深觉值得。

　　一面品尝着早餐，我突然想到麦考利·卡尔金。环视四周，当年电影中的酒店，如今仍是人们眼中屹立不倒的巨星；可是当年那个小小年纪便已风靡全球的可爱男孩，而今却是身陷吸毒、沉沦丑闻，形容枯槁憔悴，失了光环也没了自尊的落魄青年……时移事往，事在人为，麦考利·卡尔金之于公园广场酒店，实在足堪我们深思与借镜。

酒店对面，就是纽约中央公园。我本来自信满满，以为此行天数够多，理所当然可以搭到马车，重温十余年前的旧梦。没想到所谓无所事事，竟然也能从早玩到晚，"坐马车"这件事因此一延再延。直到回国，我始终没时间坐上那充满美好记忆的位置，施施然行过纽约街道。

曾经搭过的马车没坐成，不曾进去过的玩具城倒是首度踏进了。

老实说我以前对玩具城很不屑，总觉得那是小孩的玩意儿。经过不知多少遍，从未动念进去走走。这回不知怎么，童心大起，先是见到门口一黑一白两位足足两米高的真人玩具兵，问他们可不可以合照，两位帅巨人欣然应允。我本来就是小个儿，站在他们中间更成了无以复加的迷你 size，画面既难得又有趣。

走进城里才真是大开眼界，满坑满谷的玩具，即便连一楼到二楼的阶梯旁，也几乎毫无空隙地摆满了让小孩疯狂的玩意儿。糖果屋里更是夸张，要多大有多大的棒棒糖，琳琅满目地招摇着……

如此幸福之地，想来不只是小孩，恐怕就连成人的心，也有融化的危险吧。

从泛着甜蜜的童梦里出来，我们信步来到苹果计算机总部。它的位置在一处大楼的地下室，入口处做了硕大的玻璃框，遮风挡雨外也突显了它的现代感。站在广场上，透过框内的阶梯往下看，人满为患。

那里面每个人的头顶，在我看来，隐约都浮着美金标志。万头攒动，苹果焉有不赚翻的道理！

　　女儿问我要不要下去看看，我摇摇头，一点兴趣也没有。那是 3C 迷的玩具城，不会有我的驻足地的。

　　倒不如，再信步走走，在栗子摊、热狗摊的香气竞逐间，细览深秋的纽约街景。

不造作的米其林一星
——Bouley 餐厅

"因为三位小姐都有甜点可以享用,
只有一个人没得吃,太寂寞了,
所以我们决定多送一份!"

纽约行前,不止一个朋友推荐我,要吃高档美食,绝不能错过最负盛名的三星餐厅——丹尼尔。

"真的棒到不行!"朋友们的说辞如出一辙,"虽然价格不菲,但你绝对会觉得物超所值!"

有这么多老饕拍胸脯替丹尼尔背书,我那贪心的味蕾怎可能落于人后!未及启程,便将"丹尼尔"三个字牢牢镌刻于脑海。

怎知到了纽约,几个在美国长大的小辈一听我提丹尼尔,马上摇头:

"不要去丹尼尔啦!我们去另一家——是从丹尼尔出来的师傅开的,价格又不到丹尼尔的一半,很棒哦!"

于是，当地人负责订位，我这个台湾来的观光客，活脱就像刘老老进大观园似的，满怀好奇地被带到了 Bouley。

惊艳之旅竟从进门那一刻开始——

我们甫踏进餐厅大门，眼睛便被亮红色填满。顶天立地的木头架子上，整整齐齐排满了红澄澄的苹果。那架子显然是专为摆放苹果而定制，高矮宽窄都刚刚好。那么多的苹果，空气中自然溢满了清甜的果香……

简单不造作的设计，却巧妙地兼顾了视觉、味道、气氛。

我们寄放好大衣，再往里走，设在玄关的等待区又是另一番情调与风景。墙上一幅绘着白色百合的大型壁画，优雅从容，引得我非拍照留念不可。

餐厅里以金与古铜为主色，搭配圆拱形建筑，追求复古，却又低调奢华。就连洗手间也无所疏漏，他们善用丝绒等元素，将之装点得如同古典沙龙，实在很美。

但凡高级餐厅，午、晚餐的金额多半差异惊人。我们便是选择午餐时段的套餐，一人55美元（合人民币约340元），不至于吃垮自己，却能尝到难得美味。沙拉、汤、甜点，无一马虎。

我点的野生煎鲑鱼，秾纤合度，软硬适中，一旁添加的柚子味佐料，清爽宜人。香菇与螃蟹的携手合作也令人大开眼界。菌类的芳馨衬之以海鲜的甘美鲜甜，简直是双赢。还有蒸蛋，顶级奢华版，因为上面洒了——黑松露！

　　我们四个女人，共点了三份套餐，剩下的一人自忖胃口小，所以单点。想不到上甜点时，没点套餐的居然也有一份。本来以为是店家弄错了，但侍者笑盈盈地对我们说：

　　"因为三位小姐都有甜点可以享用，只有一个人没得吃，太寂寞了，所以我们决定多送一份！"

　　哇！您瞧，How sweet！（真亲切！）

　　没去丹尼尔，又如何呢？我从善如流地选择了Bouley，事实证明，从眼睛到嘴巴到心，无一不满足，无一不欢欣啊！

　　【注】Bouley　地址：163 Duane Street, New York 10013

在纽约遇见战马

马儿真的上台了，其骏美雄壮，
完全不输电影里的那一匹！

好莱坞大片《悲惨世界》堪称本年度全球影迷瞩目的盛事，身边不少朋友更是殷殷讨论着。毕竟雨果这部脍炙人口的文学巨作，实在太经典，无论是电影抑或歌舞剧，无论搬演多少回，总让人一看再看，不忍舍弃。

我与《悲惨世界》的第一次相见，是在多年前的英国伦敦。当时我只能算是个启蒙未久的旅游新鲜人，什么事都冲在兴头上。明明早上6点才刚下飞机，中午却已经在伦敦剧院坐定，等着欣赏《悲惨世界》。

一旁陪着我的朋友，可怜兮兮地露出快昏迷的表情，告饶说：

"真恨不得有两根牙签！"

"牙签？"我还兀自兴奋着，哪里想得到旁人"舍命陪君子"的处境，"你要牙签干吗？"

"撑住眼皮啊！"朋友苦笑，"不然我保证一定睡着！"

朋友后来究竟睡着了没，老实说我根本无暇顾及。在伦敦剧院的英式古典氛围中，我完全沉浸于法国文豪笔下那苦难动荡的时代。目光紧紧追随着台上的演员，他们的贪嗔喜怒牵动着台下这个视时差为无物的旅人。我的眼泪，因为那可怜的母亲芳汀而簌簌滚落，更因为矢志行善的冉阿让而汹涌澎湃。演员们淋漓尽致地体现了雨果笔下的时代表征，人性的美善与丑恶在歌声中纠葛回荡……自此我对歌舞剧与歌剧便种下难以戒除的瘾头，无论旅行到世界各地，有剧可看，从来不愿轻易放过。

10 月的纽约行，我便看了《战马》舞台剧。

此剧我在台湾已看过电影，非常喜欢。男主角自小与那匹神驹之间的情谊，一路延伸至彼此成年，并在战火中屡经波折，最终得以团圆。当初在电影院里，我不知座中泣下多少回！电影拍得很好，气势磅礴，导演运镜收放得宜，加之如今电影特效的无所不能，我止不住更加好奇与怀疑：将这样的题材搬上与观众直接接触的剧场舞台，如何突破限制？如何让人进入剧情？如何感动人心？

尤其是，那匹马，怎么办？

让我惊异且佩服万分的是，马儿真的上台了，其骏美雄壮，完全不输电影里的那一匹！你简直难以相信，一匹不知是由铁片抑或竹片编制成的道具马；一匹原本没有生命，只由三名隐身其内的舞台剧演员操控的假马，居然真能让人给演活了！

舞台上，这匹美丽的巨兽，时而凌厉剽悍，时而哀伤嘶鸣；快乐时昂首扬尘，愤怒时吐气凌蹄……情感的表演几乎无懈可击。我在台下看得十二万分感动，心想这是需要多么深厚的表演素养以及多么烦琐无厌的训练，才能臻至如此境界！

让人想大竖拇指的还有男主角。因为是舞台剧，情境不如电影那般要什么有什么，至多只有布景陪衬，其演技的考验自然更形艰难。然而男主角的演出真真荡气回肠，尤其与马儿之间的对手戏，细腻到位的程度，令我几度红了眼眶。

我的座位很前面，是那种巨细靡遗，优劣都无所遁逃的角度。职是之故，男主角的长相遂成了我鸡蛋里挑骨头的唯一反面意见。在我看来，他的鼻子太塌，以致不够俊美（或者是我先入为主地受了电影版男主角清新帅俊的样貌影响）。即便如此，仍然丝毫无损于他优异的表现。此剧呕心沥血，我暗自庆幸没有错过如此精彩的舞台佳作，让我眼界大开，见识了艺术成就的无限可能。

PART 7

世界 · 遗珠

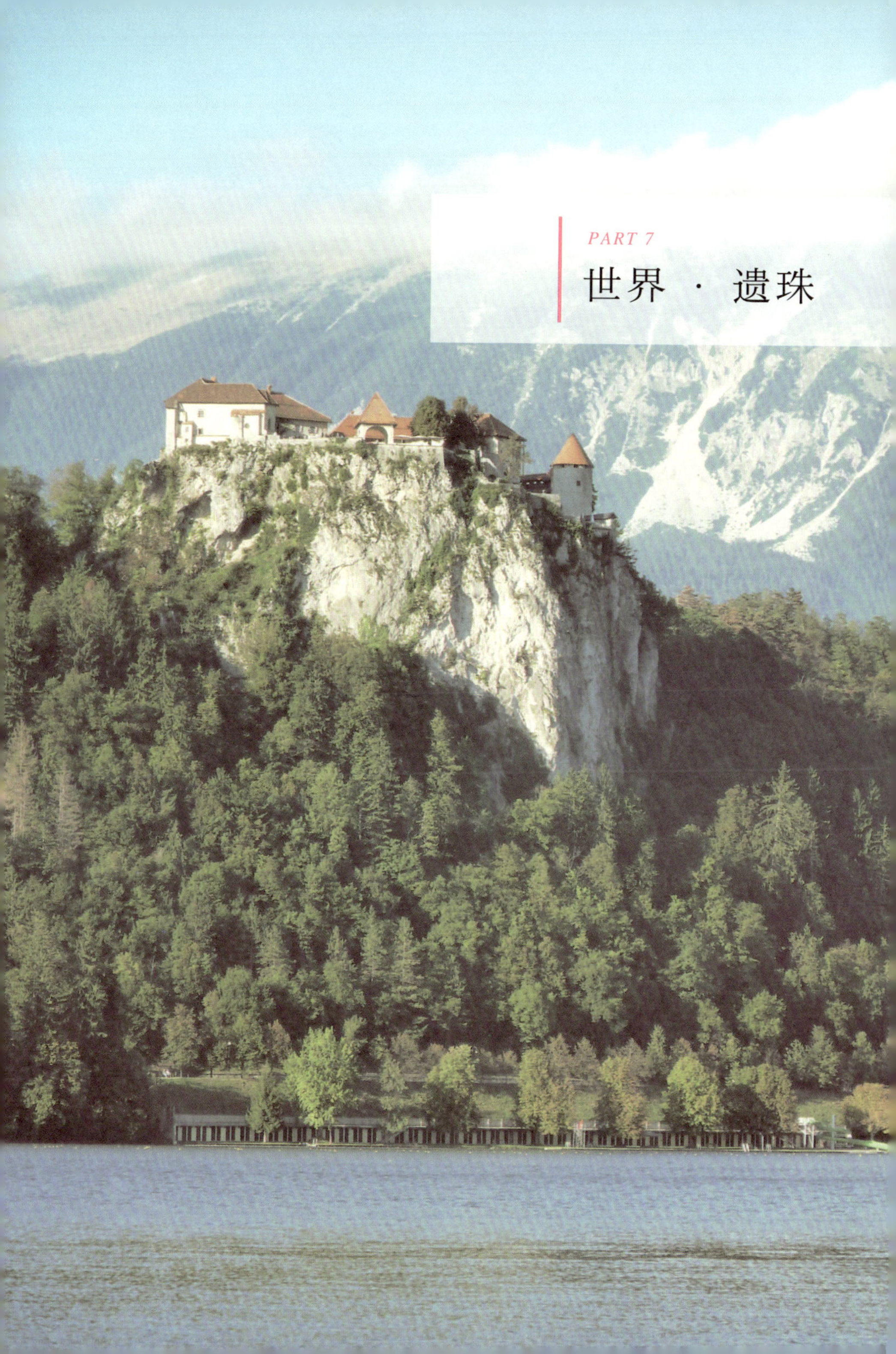

在以色列感受神的恩典

我需要旅行，

一步一脚印，

眼见为凭。

　　没去以色列之前，我一想到它就敬而远之，总觉得那样的旅途绝对苦不堪言。一个黄沙蔽日、缺树缺水的国家，又总有战事威胁，如果以人的相貌比拟，想必是形容枯槁，没有半点令我想要探访的情致。

　　然而随着年岁增长，对于旅行的框限，一样一样地放宽了。樊篱既是我自己设下的，有朝一日要将之撤除，又何难之有？

　　主意既定，我与亲友一行共十九人，就这么踏上了以色列的土地。

　　天气真热，我的装束与在埃及时差不多：遮阳帽、长袖外套、太阳镜；防晒乳一样卯起来擦。但是真正身临其境，心情反而比兀自揣测时笃定得多。我们到的时候，适逢犹太人的"住棚节"，到处人满为患。房子边、露台上，这一顶那一顶地搭着此起彼落的苏克棚，如同硕大的伞，一朵一朵的，倒也开成了一种特殊的异国氛围。

　　以色列的居民以犹太人为主，男人多着黑袍、戴高帽。女人则穿着白衬衫、黑裙子，很是朴素。更奇特的景象是孕妇极多，简直到了每个街道都能遇到的盛况。而且常常是大腹便便的妇人，左右两手各牵一个小孩，一旁的先生推着的婴儿车里，赫然还躺着一对双胞胎！纯粹以目测计算，他们一个普通家庭，少则三四个小孩，多则五六个，而且双胞胎比比皆是。

　　希特勒当年屠杀犹太人，而今，犹太民族开枝散叶，证明了生命的坚韧与强大，岂能被轻易灭绝！

　　再由风景上说，这几年，犹太人也懂得植树了。当我们看到一丛丛小树苗，被栽植在缺乏雨水滋润的土地上，心里还是不禁要燃起希望，揣想着若干年后绿树成荫的景象。事在人为，以色列人应该比谁都要懂得这个道理。

行程中，我们乘坐造型古典的木船，一游加利利湖。

上岸后，我们在湖边的餐厅吃鱼。那是一种名为"圣彼得"的鱼，个头很大，油炸的。口感酥脆，吃来倒也特别。

再经过约旦河，已经快要晚上6点，河中进行的受洗仪式已近尾声。这条河，曾经是施洗约翰为耶稣受洗之地。若能在此受洗，是何等荣耀！我的一位亲戚与一位好友，刚信奉基督教未久，但还未正式受洗。当她们决定在此受洗后，我奔去专门出租受洗衣服的柜台，即使已过了开店时间，我仍努力地用一口破英文恳求店家，说我们远道而来，这是唯一的机会，无论如何请让我租用袍子。本来店家说不行，但后来约莫是受了我的诚意感动，还是租给了我。于是我又急急奔回去，让她们及同行的柳牧师穿上专门用于受洗仪式的白袍。她们穿上后，走进河中，进行仪式。让我大为意外且感动的是，师母当时穿的是漂亮的衣服，但她不顾一切走入河中，帮牧师扶持受洗者，以免危险。我想起《圣经》中的话："才德的妇人谁能得着呢？她的价值远胜过珍珠。"

我们站在河边，齐唱圣歌。这深具意义的地点及景况，让观礼的大家及受洗者本人，都受了深深的感动。

我们也行过了"苦路"，这是在17世纪时，由圣利安纳宣扬的一种天主教仪式。借由重现耶稣被钉上十字架的过程，进行十四处的朝圣，是接近与感谢天主的一种方式。一个教徒，能够行过当年耶稣行过的苦路，实在十分荣耀。我觉得自己似乎也随着耶稣的脚步，走过了历史，见证了一切，心中感动得无以复加。我想起耶稣临死前说的："原谅他们吧！因为他们不知道自己做了什么。"以及他咽下最后一口气前，又说了两个字："成了！"代表他已完成了替世人的赎罪。我又想及当年耶稣因为世人的自私、无知与嫉妒而被钉死，而直至今天，人类不也一样仍旧在自私、无知与嫉妒的泥淖中受苦吗？

著名的哭墙，人山人海，想挤进去十分困难。我告诉自己，无论如何一定要摸到它。我看到许多人将自己的愿望或祷告写于小纸条上，塞进了哭墙的石缝间。当我随着络绎的人潮缓缓前行，终于触摸到墙面时，脑海中是对自己人生的省思。我想放下的是世事的纷扰，人间的恩怨。当你定睛看神，世间的一切都显得微不足道了。我默默祷告，

想要一个放怀畅笑、海阔天空的人生观照。

人生不过几十年，每天都会如飞而逝，人的一切都会逍逝，而哭墙一直屹立。一批批朝圣者来了又走，反顾自己没有任何永恒的东西，不须太执着计较，让人开始思索什么最可靠。

以色列盛产椰枣，紫黑色的椰枣很大一颗，制成的零嘴有的夹核桃，也有的包着橘子皮，味道都十分可口。老实说，当我见到高挂在树枝上的"本尊"时，吓了一跳，"原来椰枣长在树上啊！"我心想，"而且颜色是嫣红的，好漂亮。"

所以，我需要旅行。走出封闭的象牙塔，一步一脚印，眼见为凭，才能弥补自己的无知，修正荒谬的自以为是。

我很高兴，自己终究是去了以色列。

充满惊叹与嗟叹的国度

有关于埃及的一切,
都有辉煌作为注解。

　　关于埃及,我始终有一种既敬又怕的心情。

　　敬它,乃因它是传说中的古文明;是尼罗河孕育出的金色国度——但凡长远大河流经之处,生命与人文必随之而兴。我崇敬埃及的历史,对我来说,这个始终像是包覆在一层金色薄翼下的境域,总是隐约闪现着一种辉煌的神秘!

　　没错,就是"辉煌的神秘"! 未踏入埃及之前,无论是金字塔、人面狮身司芬克司、法老王、埃及艳后克里奥帕特拉、壁画……所有关于埃及的一切,都有"辉煌"作为注解。你不得不说,这真是一个连没落都让人不容小觑的国度。

　　而它的炎热令我生畏。无边无际的沙漠,烈日因此更加灼身。白日里,动辄飙破 40 余摄氏度的高温,让我的防晒乳以惊人的速度在消失。我不停地补擦，外加帽子、丝巾、太阳镜、长袖外套，就怕自己也镀了一层"埃及的辉煌"回来。

我们投宿在 Mena House（米纳酒店），就是当年《开罗宣言》签署的地点。为了不枉千里来此，我们还特地塞了一些"小费"给服务生，请他们开了当时的房间，让我们进去参观。陈设半点不见豪华，甚至十分简朴，但格局宽敞舒适。岁月如猫足，悄声蹑过，再辉煌的过往，也就这么渐渐地、淡淡地融进了历史的墙柱里。

入夜后，有以金字塔为背景的雷射灯光秀。我们早早便买好了票，就为了体验临场的震撼感。

甫开场，低沉的男声配合着炫目的雷射，娓娓诉说着金字塔的历史。我一听，浑身都蹿起了感动的鸡皮疙瘩。

半个多钟头的表演，现代的多彩雷射光与古典的沉静建筑结合，着实美不胜收。

这让我想到作家余秋雨先生在《千年一叹》里书写的，当他在金字塔前，观赏了歌剧《阿依达》后，他的感想是：

"金字塔和沙漠都有自己广大的生命，现代人的艺术创造只有应顺它们、伺候它们，才能在它们面前摆弄一阵。"

金字塔是真的大、真的神奇。它们右傍尼罗河与开罗城，左临撒哈拉大沙漠，在白天烈日的光芒照耀下，尤其有慑人气势，我听了早一步进去参观的朋友规劝，没有踏入。朋友说："里面空气非常差，除了石壁还是石壁，丽穗你走不了 15 米就会昏倒了！"于是我只在外

面拍拍照。保持适当的距离，也许更能明白它的伟大与不可思议吧！或许便能解释，为什么很多人会选择乘坐热气球。想来，自高空俯视古文明，又该会是怎样一番了不得的千秋气象啊！

开罗的博物馆非常值得推荐，古埃及文物保存得完善不说，真的让人连连惊叹的，是其工艺的精致与巧思。即便只是一张座椅，那种线条、雕金、造型，符合人体工学的设计……就连参观过米兰家具展的我，都不得不佩服古埃及人的工艺，委实胜过现代。又或者，只是一件雕像，也要让人惊艳于它明亮且光耀的双眼，所谓艺术"眼光"，几乎已臻精湛。

在埃及，饮食必须小心。他们没有什么热食，多是薄饼包卷生菜一类的主食。加上气候炎热，食物保鲜不易，同行的两个朋友就因此拉了肚子。此外，当地盛产石榴，艳红的石榴汁十分美丽，也很可口，不妨一试。

埃及是个靠祖先吃饭的国家，多的是不事生产劳动的大男人，终日坐卧在安全岛上，懒散到你不敢相信的程度。走在埃及街头，你感受不到什么生气，这样的国家会穷困落后，实在一点都不奇怪。我们的旅途中，朋友缺一把牙刷，寻来寻去就是找不着半间杂货铺，更遑论便利超市之类的设施。

一把牙刷看一个国家的经济，一件古代艺术品看一个民族的天赋。埃及，真是一个充满着惊叹与嗟叹的国度啊！

与世无争的十六湖

五个人鸦雀无声，

不想交谈，也不忍交谈。

"结庐在人境，而无车马喧。问君何能尔，心远地自偏。采菊东篱下，悠然见南山。山气日夕佳，飞鸟相与还。此中有真意，欲辨已忘言。"

这是陶渊明的诗句，我向来十分喜爱。虽然言简意赅，却又美不胜收。汉语之美，在此诗作中被发挥得淋漓尽致。缥缈安澹的人间仙境，似近还远。然而诗句背诵得再熟，却终究只是纸上梦土而已。

想不到，有那么一天，远在克罗地亚的十六湖，竟然意外让我寻到了古人笔下的香格里拉。

要去十六湖，可由维也纳驱车，经过边界，进入克罗地亚国境。路上遍野山林，让人心旷神怡。十月深秋，深浅不一的红叶遍布这小小山林。摇曳闪动的红光绿影，衬映着那些依傍着山腰、错落有致、层次分明的红瓦屋舍，还未深入游逛，已经是美景难再得……

却不知，好山之外，好水又来锦上添花。

湍急小溪流经我们脚前。站在溪边，抬首望向对岸，只见这溪水宛若一条缀着金钻的腰带，自众屋舍前优雅且轻巧地穿行而过，红瓦屋顶上，缕缕炊烟袅袅入空……

"采菊东篱下，悠然见南山"，美景如此触手可及，我简直不知如何是好。

许是为了顺应这淙淙轻唱的小溪，山林里的路面都是木板栈道，既能畅行无阻，也不必担心泥淖碍足。纵使我们去的时候，下着微雨，却反而更添朦胧意境。

空气是冷沁的。我穿着毛衣、皮外套，与友伴们各自撑着伞，不

曾稍歇地在栈道上走着。五个人鸦雀无声，不想交谈，也不忍交谈，只顾感动而贪婪地默声欣赏这人境中的仙景。

水汽氤氲，衣服上隐隐浮漾着一层湿意。但没人抱怨，因为每一转弯，便又是一处奇巧新景。

我们吃了午饭，稍事休息，便又义无反顾地继续游逛山林水影。

真的，整整走了一天。

十六湖的诗情画意，因为遗世独立而更形美丽。我也曾震慑于加拿大魁北克的漫天枫红，那当然也是动人的美。然而相较起来，十六湖那种与世无争的悠然情境，却更是令人心荡神驰啊！

宝蓝苍穹·驴子·希腊

圣托里尼所"胜"最"多"乃风景，
所以我只消装进满眼满心碧海蓝天，
足矣。

"你要坐车还是骑驴？"

妹妹站在希腊圣托里尼岛的港边，兴奋地问我。

坐驴子，5欧元；搭缆车，15欧元。目的地都一样，美丽的山丘顶。

我抬头看看那深蓝却莹澈的晴空，看看毫无遮蔽、如水银泻地的耀眼日光，再瞧瞧那吐着温热鼻息、褐灰色尖长耳朵的四蹄"轿夫"……

"坐缆车。"我说。

"那我可要骑驴上山啦！"妹妹潇洒地挥挥手，在驴夫的帮忙下，爬上了驴背，摇摇摆摆、噔噔噔地走了。

显然大多数游客都跟我一样，贪方便、图舒适，以至于妹妹早已走了老半天，我还在搭缆车的队伍里引颈鹄立着。整整排了一个多小时，才终于坐上车。

待姐妹俩终于在山顶上相会了，我正要开口坦承自己的选择错误，妹妹却先我一步抱怨：

"还好你没骑驴！"她一边挥汗一边说，"驴背很不好坐呢，而且沿路还有驴大便，好臭！"

我哑然失笑，想象着窄小山径上那缓步驮行的景象……被烈阳烘烤的驴粪哪，有一阵没一阵地散放着"熏风"，妹妹在驴背上汗如雨下，也算是难得的旅游经验吧。

山丘顶上有一条商铺街，我逛了逛，没买什么。圣托里尼所"胜"最"多"乃风景，所以我只消装进满眼满心碧海蓝天，足矣。

去吃午饭，得先走段路，再搭巴士。我们一行十几个人，散步似的走着。猫慵懒地在路边晒着太阳，当地导游边走边哼起歌来。然后，他突然牵起我的手，随性带着转了几圈。大伙笑着拍手，极之轻松惬意。

吃饭的地方是个临海的小咖啡馆。简单地搭着遮阳篷，谈不上精致，但那厚厚的白围墙，随意摆置的瓦瓮，受充足日照豢养眷顾的缤纷小花……举目所及，不见半点繁华娇气，只有本该属于希腊的淳厚、自然，却又散发着一种远非精工雕琢所能匹敌的美。

料理美味与否，因为深受美景的蛊惑，我反而分辨不清了。只记得吃到不知名的海鱼，异常鲜美。

潮风吹拂，远处近处，高高低低，无尽延伸的石阶或土坡。圆圆

　　的教堂，钟声在波光潋滟中回荡，安谧、沉静。还有那蓝顶白墙，童话般的房舍……而那澄澈一如蓝宝石的苍穹，真真只有余光中的诗句可以形容：

　　　　"天空，是多么的希腊。"

香江半日

谁知道吹皱的一池春水里，

会有如何不同的风景？

以往去意大利，我总搭长荣的班机，由台北直飞。但今年五月的托斯卡尼之行，许是受了春风的尾巴撩拨，就是想换换口味，所以改搭国泰航班，经香港转机，再直飞米兰。

旅行，有时是一连串习惯的集合。习惯的路径、习惯的行李、习惯的行程安排与作息。既然我还有精力和勇气打破既有的习惯，何不干脆重组一番？谁知道吹皱的一池春水里，会有如何不同的风景？

我与朋友一行四人，早上 11 点左右已飞抵香港赤鱲角机场（即香港国际机场）。距离子夜一点多往米兰的飞行班次，尚有将近 14 个小时；托运的行李又不必取出，直接随转机至米兰。如此充裕的游乐时间，岂可放过！我才不要虚掷大好天光。于是我们兴高采烈地离开机场，香港半日游去也！

　　既然已在飞机上用过了午膳，下一个目标当然是半岛酒店的英式下午茶。他们的司康（Scone）向来是我的最爱，配上用心打发的、如云絮般的奶油以及鲜甜不腻的果酱，只要有这个，三层下午茶盘上的其余糕点，我都愿意舍弃。

　　与朋友们坐定下来，拢拢头发，在宽阔挑高的空间里长吁一口气，阁楼上的乐队奏着轻软悠扬的音乐，送入口中的司康还是那么好吃。

　　明明一切如常，但不知为什么，在人声鼎沸的半岛酒店里，乐声听来却不如往昔悦耳了。

　　如昔精致的器皿、如昔好喝的茶、如昔可口的点心，甚至服务也是如昔的到位——然而整个空间里，过去那种优雅与从容不见了；取而代之的是喧嚣的谈笑，人潮多到简直像排队领赈济物资。我慢慢品着司康在口中的香甜，渐渐明白，这下午茶走味的，是整个氛围。

　　带着淡淡的怅然离开半岛，我们转往置地广场，完全的 Window shopping（浏览橱窗）。今年流行薄纱与蕾丝，于是满眼尽是浪漫元素。我们不挑、不买，只顾着吸收流行信息。心想下一站既是时尚之都米兰，再说此时又是旅程初始，何苦在这种时候血拼？轻轻松松地逛街，守住荷包，为往后的旅程"预留后路"，其实也挺快乐！

　　晚餐吃以烧鹅闻名的"镛记"，梅子蘸酱真是让人吮指再三。给您的建议是，除非预算很充裕，否则不要点蒸鱼，因为贵。我们四个人，连汤都只点今日例汤，配上烧鹅，便已经济实惠，吃得心满意足。

　　9 点多，饱食一顿后回到赤鱲角，时间还有一大把。足够我在国泰航空的贵宾室里洗个澡，卸掉一日残妆，好好休息一下。朋友们余力十足、意犹未尽地逛着机场里的各式商店。时间一到，大伙轻轻松松地上飞机，12 个小时之后，我们就置身欧洲了。

　　利用转机空当的香江半日游，所费不多，但轻松惬意，且在旅程初始，踏下了愉悦充实的一步。

寻常时日里的心动氛围

自己心目中慢悠悠的香江早晨，
不该就这样
隐没在杂沓的市声里。

在世界各地旅行，对于庶民美食，我总是难以抗拒。有时候食物本身不见得是吸引我的原因，那种在寻常时日里蒸腾的热气与氛围，才是最让旅人心动的。

比如香港的早市。一早饮茶是香港人的习惯，老一辈的香港人，跷起二郎腿，一壶茶就可以坐上半天。以前去香港，我很喜欢看那慵懒的市街景象，有一种说不上来的、接近张爱玲小说的情调。

可叹的是，近些年因为国外游客愈来愈多，为了做生意，老板不可能再放任当地人如此悠闲地在自己店里"过日子"。于是，老香港人悠闲喝茶的画面愈来愈少，吵杂喧闹的场景愈来愈多。自己心目中慢悠悠的香江早晨，不该就这样隐没在杂沓的市声里。可惜啊，我暗暗慨叹着。

陆羽茶馆也是，历史悠远，至今仍是人未到，已先闻茶香。座位旁的痰盂也仍依着传统摆放着。但服务生们，也许太过资深，对来往的人已漠然，从来吝于给个笑容。

我兀自唏嘘：所谓老店，最可贵的不就是沉淀在岁月里的那份人情味吗？

菠萝奶油与丝袜奶茶是香港两大庶民美食。前者将两大块奶油塞在香酥的菠萝面包内，一口咬下，奶油会在齿颊间化开。美味的程度足以令你暂时将防三高的健康守则放在一边。后者的茶叶是磨碎的，再以丝袜过滤，茶香奶浓，滋味很不一般！

香港有名的捞面，我并不怎么钟情，觉得口感嫌硬，没有台湾面条软嫩。但我喜欢他们的河粉，又细又清，汤又好，再加点弹牙的鱼丸、鱼板，余愿足矣。

想吃高档的，几家酒店的早餐都不会令你失望。丽晶酒店的煎饼、各式各样一大盘一大盘的水果、种类繁多的冷盘；W 酒店的优格，用小小的牛奶瓶状的玻璃瓶，一盅盅地盛装着，视觉上真是极大飨宴。还有不可不提的，令人叹为观止的橱窗摆设——那些互相堆叠的碗盘、杯具，以不可思议且千钧一发的角度宣示平衡美。就连我拍照的时候，明明知道它们很稳妥地被摆置在玻璃门后，还是不由自主地屏住了呼吸。

美食衬以美景，绝对锦上添花。这几年香港新酒店辈出，竞逐激烈，但先生最爱始终是老字号的丽晶。因为它占尽地利之便，尤其三楼的房间，在视线上，几乎与海平面齐平，当你躺在床上，直觉海水就在窗边。舒适惬意，真真伸手可及。

从平价到高档，从热气蒸腾的市街到潮风撩人的港边。时移事往，有多少美食、美景、人情，是旅人心中不可更迭的图腾呢。

北京的『格格吉祥』

所谓天子，
内心却不能平安、快乐，
生命如此步步为营，
想来与赤贫无异。

　　这几年，我去北京不若跑上海那般频繁，所以对我来说，北京始终像是个观光地；而我，始终是个怀着好奇心的旅人。

　　第一次踏进北京，是在 1992 年。当时几条交通要道如二环路、四环路都正在建设，车过，到处都是飞沙走石。

　　我本来是陪着先生出差，谁知晚上他去赴一场夜宴，我就被孤身"丢"在另一场大型餐会中。这还不打紧，席间众人竟起哄我起来唱歌。唱歌？那可是个足足坐满 500 人的大场合。非常嘈杂，并且充斥着字正腔圆的北京话。

　　拗不过大家的盛情，我就留在位子上，没有麦克风，没有乐队，蚊子叫一般地唱完了一首歌。

　　次日，朋友带我们参观故宫。当我一站上石板路，我就想到那些王公贵胄；想到侯门深深深似海；想到后宫闺怨……

　　衬映对照着城外那些矮小的民宅，巍峨气派的故宫更让人觉得古代帝王的不知民间疾苦。"朱门酒肉臭，路有冻死骨"，当朝为王，掌控生杀大权，掌控嫔妃佳丽的一生荣辱。极尽奢华，却无法获至心灵片刻的宁静，就连吃个东西，也得差下人先行尝过，以防人下毒。所谓天子，内心却不能平安、快乐，生命如此步步为营，想来与赤贫无异。

　　今年再游北京，朋友带我去了一处老宅，说是"大宅门"白家的房子，现在成了古意盎然的知名餐厅。一进门，清宫剧里格格模样装扮的女侍就提着灯笼过来了，为我们领位。老实说，餐点平平，没有什么让我惊艳之作。倒是气氛不错，恍若时空倒流。餐厅内还有京戏表演，锣鼓喧天的，很有旧时光的氛围。但后来居然有我最怕的川剧变脸，我从小怕面具，即便知道那都是人扮的，还是不敢细瞧。恐怖的是那演员在观众席间穿梭，一直朝我靠近，吓得我头也不敢抬，埋着脸假装专心吃饭。一顿饭吃下来，吓出一身冷汗。

上洗手间，格格女侍提着灯笼向我作势请安，口中说着："吉祥！"她一半蹲，我觉得不好意思，便也作势"蹲"了回去，也说了句："吉祥！"朋友忍俊不禁地在我耳边说："你不用跟着蹲啦，那是她们向客人招呼的仿古方式。"

"可是我觉得不好意思啊！"尽管知道自己这样回礼挺糗的，嘴巴上还是得给自己留点面子。"礼尚往来嘛！"我说。

提灯的格格礼数非常周到。餐毕，她们会把宾客一路送出餐厅，送上车。走出大门后，只见长巷两侧停满了现代车辆。那景象，实在非常突兀，非常煞风景。

想来，静谧幽远的思古之情，即便是在北京，也只能局促在小小的框框里，自得其乐地追寻了。

上海愈来愈有味

那菜摊的妇人瞥我一眼，
竟操着普通话对我说：
"你拿去好了！"

最近这两年，我去上海去得较从前频繁些，一方面是终于在那里布置了个小小的蜗居，此后不用再住酒店。再者松山机场飞上海虹桥，只要 1 小时 20 分，实在方便。

说起来，亲友多半都在台北的我，真正的家在台北。到上海，永远当自己是个驿站的过客。虽然孤单，却有难得的自由。我可以花个四五天，看完两三本书。

上海人吃东西口味偏重，尤其是出租车司机常去的店，便宜又分量十足，不难吃，但重油重咸实在令我吃不消。

有时是食物对味，但小吃店里的气氛让我不太自在，于是便托人买外带。比如上海的荠菜馄饨，我非常喜欢，总买回家享用。嘉兴糯米最有名，他们的粽子是想当然的好吃。冬天我则爱吃上海的小汤圆，那么小巧玲珑，却出人意料地有各种内馅。芝麻、红豆，加在酒酿里煮，再打个蛋，甜甜香香暖暖，是冬夜里极富层次的美味。

上海的蔬菜很鲜脆爽口，无论凉拌、热炒都好吃。玉米也是一绝。

我向来不吃淡水鱼，上海的鲑鱼是唯一例外。鱼香肉嫩，只需一点点橄榄油，再加葱、姜、酱油清蒸，起锅前搁上一点香菜，好吃得不得了。

有次我在上海的市场，想零买两个地瓜，不想那菜摊的妇人瞥我一眼，竟操着普通话对我说："你拿去好了！"浓浓的上海腔，豪迈又大气，对着没拿任何篮子、袋子，只得用手拎着两只地瓜的我，真是人情味十足。总之因为她的豪爽，我发了半晌呆，一时间不知怎么回应。

上海人的便当很可观，饭多、菜满，但重咸的程度实在令嗜淡的我不敢恭维。约莫也是因为这个缘故，我对上海的中菜印象总是负担过重。所以在上海，若要外食，我通常都吃西餐。

比如江边有间"Water House（水舍）"，破仓库改建的。有餐厅，也有旅馆。室外有块空地，散置几把高脚椅，外国人很喜欢在那儿抽烟、聊天，入夜桌上点起小小的蜡烛，情调满点。

从前到英国旅行，看到男人们下了班还巴巴地站在小酒吧里喝啤酒，心里不屑地想："累死了！"后来才知道是自己不谙其中滋味，其实坐着不一定舒服。某些时候，站有站的轻松。

水舍走的是后现代极简风。墙壁不曾美化，随处露点铁线铁板，已然是一种装潢，桌椅也很简单。其内的餐厅叫"Table one"，我很推荐它的面包，一篮40元人民币，配上磨碎的橄榄，加上丁点油葱的蘸酱，非常好吃。整个套餐包括前菜、主菜、汤、甜点、咖啡，约200元人民币，几乎道道美味。

"外滩三号"是间米其林三星餐厅。中午套餐只要200元人民币，前菜、汤、咖啡一应俱全。若运气够好，坐到窗边的位子，黄浦江就在眼前，美景美食相得益彰。但请注意：晚餐很贵，约台币四五千元。

西南公寓的"鱼藏"是间很棒的日本料理店，只是价格不菲。我被朋友请过一次晚餐，一个人要3000多台币。料理内容的水平，与台北不相上下。

　　此外，外滩六号二楼的那家餐厅，人民币 250 元的套餐，白饭上铺满海苔，海苔上又铺满大块大块的鲔鱼，加上烤鳕鱼、蒸蛋、味噌汤、红烧猪肉、红白萝卜，好吃、好饱！

　　上海的甜点如今也已不可小觑。有次跟朋友去钢琴家郎朗代言的酒店喝下午茶，小姐客气地建议我们两人吃"一套"即可。东西上来我们足足愣了 5 秒，数十厘米高；门墙状的巧克力板，一旁插着马卡龙花，另有两层点心，司康、咸三明治，在在做得很地道。配上洋甘菊茶、咖啡，即便只有一套，但惊人的分量我们还是吃不完，只得打包。

　　上海之所以愈来愈好玩，这些从庶民到名流、从家常到高档的各色饮食，实在厥功至伟啊！